매장시편

매장시편

임동확 시집

민음의 시 13

민음사

．

'매장시편'은 고대 이집트 피라미드에 적힌 망자들을 위한
저승길의 안내 또는 그들이 살아온 행적을 기록한 글을 말한다.
그러나 여기서의 '매장시편'은 오히려 현재 살아 있는
이 땅의 사람들을 위해 쓰여진 시편들이다.

自序

모든 나의 삶이 오류투성이일진대 어찌 시가 완벽하길 바랄 수 있으랴. 더욱이 시가 참된 인생의 폭과 깊이, 그리고 부단한 실천적 뒷받침에서 그 존재와 진실이 확보되는 것이라면 아직도 세상은 물론 자신마저 감당하지 못한 상태에서의 출발이 스스로를 종로 네거리 쯤 선 벌거숭이로 만든 짓임에 틀림없으리라.

그러나 "내가 나일 때 나는 너이다.(Ich bin du, wenn ich bin.)" 란 명제를 실감할 수 있었던 지난 팔 년의 실존적 고뇌들을 이제 어떤 식으로든 해결하고 싶다는 개인적 소망이 이런 달콤한 유혹(?)을 뿌리치지 못하게 한 것 같다. 또한 그날 이후 모두에게 형벌처럼 각인된 '살아 있음의 죄의식(überlebensschuldgefühl)'이 온통 나의 시와 삶도 지배해 온 것이나 아닌가 하는 때늦은 자각과 함께 결국은 그 모든 싸움과 행위가 살아 있는 모든 현재의 '나'의 문제였다는 나름대로의 판단 속에서 그동안 일기 대신 꾸준히 시로 메모한 것들의 일부를 정리하여 발표함을 밝혀 두고 싶다.

그런 의미에서 이번 시집은 개인으로 볼 때 하나의 성년식이나 통과의례쯤으로 한정하고 싶으며, 앞으로 좀 더 크고 넓은 빛의 거리에서 나와 너, 나와 이웃, 주인공과 세계가 분열 없이 해후할 수 있는 삶과 시를 위해 미약한 힘이나마 보탤 것을 다짐해 본다.

끝으로 착하고, 정직했기 때문에 죽어 간 사람들과 그날의 상처로 헤매이는 사람들, 그리고 낳아 주신 죄 탓으로 지금까지도 뒷전에서 고생하시는 어머니, 아버지께 먼저 큰절을 올립니다.

1987년 11월
임동확

차례

제5장 들꽃처럼 꺾여진 영혼들을 어영차 일으키고

제1장

우리가 정든 거리를 떠난 이후의 알리바이

1 언덕의 노래

나는 그 폭풍의 언덕에 다시 서 있다
가닥가닥 꼬여 하나로 용트림하는 등나무
사월의 동산을 적시던 은밀한 등꽃 향기
그리고 초롱한 눈빛으로 문화사 시간을 기다리던
신입생 시절, 온몸을 쥐어짜며 소리치던 푸르른 이파리
들과
은발 성성한 노교수의 지혜로운 훈육
낡고 오랜 적 벽돌 건물의 강의실을 생각한다
크고 작은 회상의 둥지 아래, 연보랏빛 등꽃이 피고 져도,
끝끝내 되돌아오지 않는 청 메아리와
오월의 숲 그늘 철 이른 풀벌레 울음소리를 듣고 있다

　　사람의 아들이여, 그대의 부정한 손발을 씻고 네거리
　　광장의 증언대에 서라…… 칡뿌리 산머루로 술 빚는
짓을 멈추이리

…… 첫날은 남풍이 순하게 불어왔다
뜻하지 않은 폭풍이 그렇게 시작되었다
저마다 꿀풀을 찾아 나선 주민들은
앞 다투어 이미 꽃놀이가 벌어진 거리로 나섰다

벌써 지고 있는 꽃 사태야 상관할 바 아니었다

그러고 나서 대환란이 시작되었다
하룻밤 사이 모든 봄꽃이 져 버렸다
하룻밤 사이 산과 들이 잠기고
온갖 아우성과 혼란 속에 길이 막혔다

…… 땅 위의 모든 식물이 뿌리째 드러나고
축포와 함께 저들의 화려한 불꽃놀이가 진행되었다
대홍수가 일어났다…… 온 누리가 침묵에 잠기고
검은 비가 속력을 늦추지 않은 채
다가올 짐승의 시간들을 예고했다

…… 주민들은 기를 쓰며 도망치고자 했다
그들은 빌딩 숲 위로 기어올랐으나
지반이 무너지면서 길바닥에 내동댕이쳐졌다
그들은 필사적으로 은행나무를 붙잡았으나
나무는 애당초 그들을 지탱할 힘이 없었다

어떤 자는 올리브 잎사귀를 물어 오는 평화의 새를 기

다리고
　어떤 자는 성직자가 되기 위해 신학교로 떠나고
　또 어떤 자는 서사시를 쓰고자 은거했지만
　그보다 많은 사람들이 흙더미 돌무더기 아래 죽어 갔고
　그보다 많은 사람들이 아직도 격한 물살에 휩쓸리고 있다

　나는 지금 밑동 굵은 등나무 그늘 아래
　사월의 잔디처럼 싱싱하게 살아오는 회상의 언덕 위에
서 있다
　좁고 가파른 조국 굽이굽이 험한 고비마다
　진달래꽃 넋으로 큰 산을 넘는 새 떼들
　하루 종일 땅을 일구고, 퇴비를 져 나르고, 헤진 옷을
기우며
　저 막막한 내일을 감당하는 우직한 사람들
　그것은 잊혀진 대이변의 역시, 그 추억과 공포의 순간
들을 비춰 준다
　그것은 옛 싸움의 참혹함, 부끄러움, 잔인, 진혼의 나
팔 소리.
　그것은 되살아오는 풀뿌리의 꿈, 돌무덤의 열림, 새로
운 애증의 유희를 감추고 있다

2 …… 아무도 기억해 주지 않는다

I
이 불안전한 대낮의 평형은 완벽하다
밝음만큼 더 깊은 그늘과
밝음만큼 더 잔인한 테러의 기억 아래
침착하게 순교하는 골목과 양 떼의 목초지
너를 확인한다. 저녁때의 다정함과 거짓 평화

이 빈틈없는 순환과 질서가 역사의 이름으로 유지된다
그러나 아직도 정복되지 않는,
아무도 주목하지 않는 이곳에서 무슨 일이 벌어졌던가

바람이 일지 않는 은사시나무 숲마다
무거운 침묵을 못 이긴 참매미의 울음이
토막토막 피를 흘리고 있다
낮잠에 든 인부들이 악몽을 꾸는 동안

저 늙고 병든 나뭇잎 하나가
움직이고 있다. 형제들과 나누던 최후의 주먹밥과 물
한 모금.

II
두렵고 편리한 망각의 강물 소리를 듣는다
따스하고 청명한 봄날의 정오에,
더 많은 고통과 시련의 미래를 생각하며.

때로,
이 위험스런 정적을 의심해 본다

때때로 승리에의 환상으로 저질러진
무모한 신앙 같은 필연의 세계를 거부해 본다
쫓고 쫓기는 자들만이 활보하는 거리
소낙비 젖은 아스팔트 위로 신열이 풀려 가는 오후
어디선가 헌신적이고 몽상가인 나팔수 하나가
이 위태로운 균형을 조심스러이 딛고 서서
낮은 음계의 피리 구멍들을 막고 트며
거기 오래 상처 입은 영혼들을 달래고 있다

수정되지 않는 현대사 속에
아직도 편입되지 못한 신원 미상의 지문들
그날의 실종을 남몰래 기억하고 노래하며.

3 저물 무렵

그 하늘과 땅 사이 유두처럼 봉긋한 무덤들이 차라리
조화롭다
몇 기의 묘비 앞에 드문드문 시들어 가는 꽃과
비닐 술잔들, 그리고 눈물처럼 번지는 사월의 봄비.
그 무량한 봄 뜰의 호흡, 솔바람 속에 서서
다만 약속된 처형을 집행했던 사자들과
거기에 기꺼이 임했던 아벨의 후예들이 잠시 피를 씻는다
향긋한 비 냄새의 향연이 피비린내로 뒤바뀌며
은하계 멀리 자리한 혹성의 사태를 일깨워 준다

노을 붉은 서녘 하늘 헬리콥터 한 대가
전단을 뿌리며 해산을 종용하고
풀잎의 저지선을 밀고 당기며
작은 새와 돌, 화염과 골바람, 가두방송이 어지럽게 쏟
아져 온다
　　──탱크들은 이제 풀벌레의 소탕전에 나섭니다
　　──그대 목숨은 대열을 이탈할 때만이 가능합니다

그리고 차단된 한 도시 그 질긴 인연의
가난과 굶주림. 매운 독가스와 풀 향기가

저물 무렵 아랫녘 밥 짓는 연기로 타올랐다
이유도 불분명한 경건, 가벼운 회한이 교차하는 제단
앞에서
독한 술을 빠는 유태의 청년들이 보였다

봄밤의 이상한 평화가 다시 황량한 풍경 위에
흰옷 조각 같은 목련 꽃잎을 걸치고 있다
이제는 거룩하고 암울한 저녁 미사를 준비할 시간.

누구나 받아들여야 할 거리거리의 해산 명령과
고요한 숲속 밤새들의 비상과
무조건 복종하는 충성스런 제복의 사내들과 경고문.
아니다, 패배는 우리들 모두의 것이다.
좁고 불편한 잠자리를 뒤척이며 모로 누운 당신들 것만
이 아니다
순행을 질투하는 악마들의 장난,
탐욕과 모함, 그리고 유성처럼 소멸하는 구호 속에서.

4 끝 간 데 없이 타오르던 꽃의 능선을

끝 간 데 없이 타오르던 꽃의 능선을 쉬임 없이 넘어가는 흰옷 입은 한 떼의 무리들이 보였다.

그 해 봄이 다 가고 다시 오도록, 혹은 남의 땅을 소작하다가 밤차를 타고 낯선 도시를 헤매는 동안, 바람처럼 떠다니다 뿌리 없이 지는 물풀처럼, 비밀한 휴식처와 피난처를 갖지 못한 영혼들이, 산비탈 낭떠러지를 기어오르고 있었다. 급기야 해묵은 분노가 증오의 낫날로 세워지는 순간, 그때부터 고개를 떨군 채, 지나간 날들의 어렵고 고통스런 추억, 뜨거운 가슴속의 눈물을 삼키고 있었다.

낯익은 거리 부당한 시저의 법률과 체포를 피해 지명수배되거나, 벽지에서 이루어진 공사판, 그 무시무시한 수직의 갱도를 찾아다니고 있었다. 장식용 역사서와 신식민지를 사는 처세학 경영학 서적을 외판하면서 잠행하고 있었다.

그날의 정당성과 환희를 때때로 회의하면서, 그 어눌한 눈빛을 거두지 않은 채, 이미 피로에 지친 길손들이 하나둘씩 낙오하면서, 악착스레 넘어갈수록 험한 고개 찬 서리 내린 달밤을, 대피리 소리로 지면서, 누런 삼베옷 갈 건을 쓴 채, 괴나리봇짐을 형벌처럼 짊어진 채, 앞서 간 동지의 그림자를 밟고 있었다.

그 무기력과 안이함을 변명하면서, 가다가다 발걸음이 멈춘 곳, 편치 않은 바윗돌의 쉼터, 활엽수 그늘에 앉아, 모두가 생각해 낸 최후진술은, 살고 싶다로 시작하여, 끝내는 저 들꽃처럼 지고 싶다는 것이었다.

5 그들은 어디로 가고 있었던 것일까

온 벌판이 사막으로 뒤바뀌고 있을 때
그들은 목마른 낙타처럼 샘물을 찾아 나섰던 것일까
메아리도 살지 않는 버려진 계곡
유랑민처럼 다시 낡은 천막을 치고
밀과 포도 나무를 가꾸리라 꿈꾸며
그토록 험하고 가파른 여로에 들어섰던 것일까

또는 과거에도 미래에도 오지 않을
그 황홀한 미륵 세계를 꿈꾸며
와불처럼 누워 버린 것이었을까
최후의 빙하시대에도 뒤덮이지 않을
가슴 뜨거운 세상 사람들의 홍얼거림과
갑작스런 흉년과 기근 속에 사라진
그 저주받은 약속의 땅을 기억하고 있었던 것일까

넷째 날, 깃발을 든 어린 중학생아
너는 무엇을 그리며 눈물겨운 입성전(入城戰)에서 죽어
갔느냐
헌혈을 하러 가다 어느 길모퉁이 예쁜 꽃 표적으로
피었다 져 버린 하얀 교복의 여고생 누이야, 그리고 형
아, 동생아, 벗들아 진정 어디로 가고 있었던 것이냐

산 자에게 남은 전리품은 쓰디쓴 환멸의 잔해뿐이었다
일시적 승리감조차 자유로이 지킬 수 없던 날들이었다
'우리가 요구하는 것'은
그것은 눈물로 함성으로 노래로 대자보로 나타났다
그것은 총기 회수로 분열로 다시 공동체로 나타났다
저절로 이룩되거나 얻어진 것은 그야 물론 아니었다

그들은 제각기 푸르디푸른 조국의 맨하늘을 보았던 것
일까

그 깊고 오랜 비원을 짓누르며
천 년의 기다림
변하지 않는 천 년의 슬픈 왕국을 나는 파랑새
파랑새가 되어 조금이라도 편안해져 있었을까

그 하늘과 그 땅에서나마
언제나 늠름하고 건장한 태양의 아들
선전을 수호하는 용맹한 무사로 자리 잡고 있었을까
붉은 아침 햇덩이 같은 혀를 깨문 채

6 혹시 이런 사람을 못 보셨나요

이제 사라질 거야. 바람 불고
눈이 오면 마른 낙엽처럼 건조한 불길 속에
우리의 사랑마저도 던져질 거야
누가 그때 무슨 일이 있었느냐고
묻는다면 나는 애써 머리를 저을 거야
──그냥 내버려 둬요. 아무 일도 아니에요.

그 애의 이름은 무엇이었을까
그가 죽은 날짜와 장소를 알고 있는 사람은 없었을까
인상착의와 특기 사항만으로는 불가능할까
그것도 한 명이 아닌 여러 명
셀 수 없는 형제들의 그리운 얼굴들을 어디서 만날 수
있을까

내 묵은 일기장 속에선 과장이 아니다
언제나 썩은 피 냄새 같은 악취가 났었네
현실의 다급함과 영혼의 부패 속에서 나는
한가로이 그대들의 행방을 물을 수 없었네
그건 한편으로 개인이 무력해서가 아니라
또 다른 죄악이고 위선일 수 있었으니까

그런데 왜 나는 못 잊었다고 고백하였을까
　도대체 공중분해되어 버린 추억의 뼈들을 확인한다고
해서
　우리들의 방관과 방탕이 원인 무효가 되는 것도 아닌데
　그건 분명 잘못된 얘기로 여겨진다

　추억이여, 그것은 스스로에 대한 약속이다
　너와 내가 역사의 이름으로 살게도 하고,
　죽게도 하는 황홀한 유혹이며 빛이며 생명이다
　그것은 한낱 황야의 공동묘지에 핀 들꽃이 아니다
　타고 나면 그뿐인 불륜의 산불은 더더욱 아니다

　이 세상 마지막 날까지
　겁 많고 착한 내 누이의 손길처럼
　따뜻한 회상의 불빛 아래서 나는
　잊혀져 가는 사람들의 이름을 부르리라
　역사 속을 거칠게 지나쳐 버린 그들의 실종을
　아름답게 추적하는 유일한 광고는
　바로 다시 그 거리에 서서 거대한 물결로 합류해 가는 것

이제 나는 그들의 생사 여부에 연연하지 않겠다
어차피 그들은 제 몫을 다했을 테니까
다만 그때나 지금이나 변함없는
부끄러운 언약; 우리는 만나야 한다
만나서 말없이…… 이름 모를 꽃들 사이에 누워야 한다

지금도 왜 우리는 그 거리를 헤매고 있는 걸까
거의 한 줌도 못 되는 추억의 모래알을 쥐고.
행여 누가 행방불명된 그들을 찾는다면
나는 묘지가 돼 버린 땅을 가리킬 거야
──그만 돌아가세요. 더 기다려야 해요.

7 이제 그들은 무엇이 되어

나는 거대한 익명의 섬에 갇혀 무엇으로 살아 왔던가.

둘째 날, 나는 미처 피하지 못해 중앙초등학교 담벼락을 넘었다. 행여 그 학교에까지 쫓아와 수색할까 봐 이층 복도에서 관망하다 황급히 5학년 몇 반 교실로 뛰어들어 갔을 때, 공포에 질린 어린 여자 애들이 지르던 비명 소리가 아직도 귀에 쟁쟁하게 들려온다.

첫째 날, 동명로에서 한 일곱 살쯤 먹은 아이가 울고 있었다. 학생들은 시골에서 올라온 나이 먹은 경찰들을 무장해제시키고 연행 학생과의 교환을 협상하는 중이었다. 나는 그 바로 전 그 꼬마 애와의 대화를 잊을 수 없다. "꼬마야, 왜 울고 있니?" "아저씨 그 돌멩이를 버리세요, 아빠가…… 경찰관이란 말이에요."

그리고, 거리거리 골목마다 젊은 사람은 무조건 다 죽는다고, 가지 말라고 손을 붙들던 어머니들은 그 후에 시위대에 물을 떠 주고, 밥을 짓다, 제 아들딸들의 돌연한 죽음을 확인하며, 넋을 잃은 채 울부짖는 것을 보았다.

이제 그들은 어떤 모습으로 살고 있을까.

몇째 날인지 기억되지 않는 어느 날, 송정리 광주 비행장 입구. 구식의 무기로 무장한 청년들과 읍민들이 탱크와 M16으로 무장한 대한민국 군대와 맞서 있는 동안, 그때까지도 흰 교복 상의 까만 주름치마가 단정했던 태극기를 든 사레지오 여고생을 만나고 싶다. "안 돼, 저놈들이 순순히 귀가시켜 줄 리 만무해. 저들의 회유책이야." "그러면 당신이 이 사람들의 안전을 책임질 수 있어요?"

그러나 그들뿐만이 아니었다. 하루, 이틀, 사흘, ……닷새, 엿새…… 열흘의 아픔을 견디고도 영창에 가고, 또 다시 싸움의 최전선에 서 있는 젊은 벗들. 나이와 여자라는 것을 무기로(그것마저 무시되기 일쑤였지만) 거리에 나와 육이오보다 더 처참하다며 자신의 핏줄처럼 감싸 주고 막아 주던 사람들……

고립무원의 도시를 무차별로 사격하던 거리거리의 총탄 속에서도
무섭도록 차분한 목소리로 선무 방송을 하던

여자 아나운서와 그때 그 현장을 가장 잘 목격했던 하
수인들과
  그것으로 진급한 지휘관들은 과연 누구였는지
  지금도 그때의 병사들은 국난극복기장을 자랑스레 간직
하고 있는지

  그들을 이제 한 번쯤 꼬옥 만나고 싶다.

  잘못은 누구에게도 있다.
  그러나 모두 무너질 때까지 반성하지 않는다.
  그렇다 하더라도 이제 그들은 어떤 얼굴을 한 채
  하루하루 연명하며 살고 있는 것일까.
  이 위험한 균형과 체제 속에서 무엇을 꿈꾸며.

8 부치지 않은 편지

—파에톤*에게

어둠에 잠긴 우체국 계단에서 네게 쓴다
너는 환란의 종말과 함께 사라지고
나는 남아 오늘도 지구의 무사하고 무사함을 전한다
긴 향락과 오랜 고통의 밤을 탐닉하는
뭇별처럼 네거리마다 수은등이 밝아 오고
네 영혼의 흔적조차 찾을 수 없는 분수대 광장
상상하기조차 힘들었던 대낮의 기억을 타종하며
잔잔하고 거대했던 대열과 그 분노의 깊이를 잰다
성난 젊음의 불꽃으로 남긴 일기를 본다
그 후회 없는 열정과 큰 슬픔의 행방을 되묻는다

  "순간을 사는 것이 인생이며 순간을 극복하는 것
이 인생이다. 그것이 바로 영혼을 극복하는 것이다.
앞으로 전진하라. …… 우리가 사랑했던 것 외롭고
고통스러웠던 것 그 어느 것 하나 헛됨은 없어라."**

그리하여, 인력(引力)을 가진 밤과 낮의 순환 아래
달처럼 차고 지는 사랑과 증오의 역학을 생각한다
그 궤도를 벗어나지 못한 채
결사적으로 사수하려고 했던 예루살렘 성문

그날의 구멍 뚫린 우체통 총탄 자국을 떠올린다
쭈그러든 옹기그릇처럼 들어앉은 폐허의 자취들
푸른 유서에 배인 피의 얼룩을 지우며
단지 살아남았다는 것이 죄스런 시간이었음을 생각한다

파에톤, 나는 지금 생각하고 있다
소유성에 탑승한 네가 방문할 시간과 장소를
아무도 모르기 때문에 불안해한다는 것을
모두가 잠들지 못한 채 새벽을 지키는 것은
그 모든 것이 불시에 다가오고
모든 것이 사정거리 안의 너처럼 사라진다는 사실을
모두가 알고 있기 때문에 불안해한다는 것을

* 태양신의 아들로 아버지의 일륜차를 타고 대지에 접근하다 인류의
  소실을 겁낸 제우스에 의해 격살됨.(그리스 신화에서)
** 1980년 5월 27일 도청에서 죽은 전남대 사범대학 상업교육과 2년생
  이정연의 일기.

9 근황

그대여, 태양 아래 어떻게든 살아남으려고 버둥거리는 이 사람, 한때나마 정든 거리에서 당신의 흙 가슴에 입 맞추던 자를 용서하소서. 홀로 있음으로 하여 비로소 입을 열 수 있고 자유스럽다고 느끼는 나를, 나의 휴일을 용서하소서. 홀로 떠나 있음으로 하여, 꽃 피고 지는 소리, 새 울고 바람 부는 소리에 귀 기울이는 나의 한가함과 은둔을 용서하소서.

돌아보면, 이유 없이 허겁지겁 뛰어다니며, 지나간 싸움이나 회상하고, 피비린 젊은 날의 중형(重刑)이나 원망하며 보내온 나날이었습니다.

죽음이 두려워 귀를 막고, 죽음의 전선을 넘어서지 못한 채, 비겁하게 물러나 기도나 하며, 내상(內傷)의 뜰을 가꾸며 흘려보낸 세월이었습니다.

그리고도, 무섭도록 하릴없이 누군가를 미워하고, 한 사람도 제대로 사랑해 보지 못한 지난날들이었습니다. 아무것에도 의지하지 못한 채.

그대여, 용서하소서. 나를 위선자로, 방관자로, 그리고 홀로 피해 의식에 젖은 방랑자로 만든 거리와 함께. 그리고 그대 뺨을 때리던 죄 많은 손과, 그대를 땅바닥에 넘어뜨린 발목과, 그 헛바닥의 배신을 용서하소서.

그리고 그대 희고 따스한 맨가슴에 뱀처럼 살기 어린 제
머리를 끌어안아 주소서. 너그러운 자비와 용서와 함께.

1987년 9월 광주

제2장

그때 나는 대학 2학년생이었다

1 최초에 일어난 일이 최후에도 일어났다

I

최초에 일어난 일이 최후에도 일어났다

그 윤택한 과목들은 가녀린 인류의 조상을 조롱했다

지혜와 힘의 남용을 견제할 수 있는 신의 사유재산이었다

그래도 그 동산에 잠입한 뱀의 머리와

뱀의 혀는 인간들의 행복과 동산의 평온을 시기했을 뿐

파괴하진 않았다; 아무도 하늘의 영광과 지상의 평화를
옹호하지 못했다

그때 에덴의 동쪽은 오월 달이었다

무차별한 무지의 만행이 그곳에서 벌어졌다

그 무지는 방관과 비호 아래

조직적이고 단결된 제복의 사내에게 훌륭한 무기가 되
어 주었다

그곳은 이제 새로울 게 없는 검푸른 강물만 차올랐다

그 안에 숨겨진 흰 뼈의 화석 몇 개가

그때부디 잃어버린 동산의 순찰을 강화해 나갔다

　　(어두운 시대의 시의 최고봉은 아무래도 상징이다. 소
수인의 독점물일지라도 일정한 긴장과 자기통제 아래 이
루어지는 상상력의 문학은 암울한 시대 상황과 싸우는 유
일한 부드러움이다. 무기다. 현재의 적들은 상징의 부재

상태에 있다.)

Ⅱ
능금꽃 피는 계절에 부는 남서풍은 너무나도 거칠었다
부끄럼을 다시 잃은 여인들이 사내들을 유혹하고
시련을 모르는 그 아이들이 자라 미래를 떠맡는 동안
탱자나무 울타리가 무너지고, 망루처럼 우뚝 솟은 감시탑이
쓰러지고, 여기저기서 스스로를 태우는 화염이 치솟았다
벌과 꽃향기, 젖과 꿀이 휩쓸려 간 언덕은
야만과 살육, 살과 피의 훈향이 공존했다
골짜기에 핀 백합화와 공중을 나는 새들
그리고 집 잃은 아이들이 근심하며 방황하기 시작했다
면죄부를 할부하고, 고리대금업자로 변신하고, 우상을 섬기며
유학을 가거나 먼 나라로 이민을 떠나기도 했다
다시 적들과 어미 새와 눈치 빠른 어른들이
그것을 이용하여 치부하거나 문서화했다

Ⅲ
조건이 없는 자유와 행복은 신의 나라 것이었다

Ⅳ
그날은 환희의 쓴잔을 기울일 때
그날은 다시 찾은 고향에서 옛일을 회상할 때
편리한 양심; 우리들의 가면을 확인할 때
그날은 피 묻은 자신의 옷가지를 끌어안을 때

짧은 신음 ──오, 들어라 길손이여!
모든 전율과 경건이 그날의 노래임을 알라
행여 그곳을 지날 때가 있거든
영광스런 사순절의 종소리조차 울리지 않았음을 확인해
보라

최초에 일어난 일이
최후에도 일어났음을 선연히 기억하라

2 슬픈 물음들

예언은 미래의 재앙에서 인간을 구출할 수 있는가
지식은 과거의 일부라도 온전하게 복구할 수 있는가
아니면, 사랑은 현재의 고통을 마쳐시킬 수 있는가

공포의 도시 도처마다
그렇다 정말 그렇다 말해 주었다
아니다 그렇지 않다 실증해 주었다

단절과 단절 사이에는 야만이 있었다

모두가 돌과 몽둥이로 무장하고
수렵과 채취를 시작하고 힘을 숭배하기 시작했다
불과 활을 발명하고 큰 칼 작은 칼을 만들었다

순환과 피 흘림의 반복 사이에는 물신(物神)의 늪이 있
었다

화적 떼가 일어났다
곡식이 짓밟히고 농기구가 무기로 돌변했다
버려진 논밭마다 잡초가 더부룩하고

한 족장이 그의 젊은 아들에 의해 살해되었다

그때 이후로 우리는 무의미한
역사의 진보를 무조건 신뢰할 수 없었다
모두들 함부로 영혼을 위탁하지 않았고
부활도 화려한 장례식도 믿지 않았다
남은 것은 살기 어린 조소와 회의뿐이었다

예언과 지식과 사랑마저도
불화살의 과녁이 되어 시커먼 연기로 타올랐다
아무런 기적도 구원도 끝내 일어나지 않았다

3 한 목격자는 이렇게 그날을 증언했다

그는 우선 익명을 요구했다
현장에 있던 목격자는 자기만이 아니라고 주장했다
또한 그가 본 것은 부분에 지나지 않는다고 말했다

동굴벽화에 그려진 사내는 들소로 쟁기질하는 농부였다
고 했다
──그때 밤을 기다리며 이리 떼가 근처 숲에 매복하고
있었다고 했다
그곳에 턱뼈와 두개골과 석기가 뒹굴고 있었다고 했다
──목동은 그때 양 떼를 지키지 못했고, 화약 냄새와
피비린내만 진동하고 있었다고 했다
그 시대를 증명할 수 있는 것은 석탄층과 돌 비석에 겨
우 남아 있다고 했다
──몇 개의 손발과 머리칼을 남겨 둔 배부른 야수들이
저희들끼리의 지위 다툼으로 암투하고 있었다고 했다
직립보행과 야금술을 익힌 두 발 달린 짐승들이 먹이를
식물성으로 바꾸고 있었다고 했다.
──초식동물의 먹이에 싫증이 난 들개 떼가 근친상간
을 하고 서로를 물어뜯으며 피 흘리고 있었다고 했다

그는 재삼 극히 일부분에 지나지 않음을 강조했다
누구도 그 전부를 혼자서는 증언하기 힘들다고 했다
아무래도 그곳에 없었던 국외자들이
쉽게 상상하거나 이해하기 어려운 광경이었다고 했다
나중에야 그것이 태초 이래 계속된 학살임을 알았다고
했다
나중에야 그것이 자신과 구경꾼들의 방관, 가진 자의
횡포
이방인의 비호 아래 자행되었음을 알았다고 했다

그러나 그에게는 인간들이 소중하다,
그와 함께 살아 있는 검은 옷의 동지들이, 라는 말을
남겼다
그러다 상대방을 노려보며 소리쳤다

"바로 너지…… 바로 너야"

그러면서 그는 인파 속으로 합세해 갔다
(여하튼 사람들만이 확실하고도 유일한 보호막이었을
테니까)

4 봄밤의 꿈

그것은 일찍이 경험하지 못한 신화였다. 사무치게 그리운 우리들의 거리에서 흘러나오던 이웃들의 만세 소리, 만세 소리.

　그 엄청난 균열과 휴화산
　그리고 쇳물처럼 쏟아지던 뜨거운 눈물의 용암이
　의분과 비애의 헌 땅을 수몰하고 새 땅을 융기시켰다.
　새로운 식물이 지상을 뒤덮고
　참으로 오랜만에 자신들의 주장이 반영된 법과 질서를 만들었다.
　뒤이어 상륙하려던 이민족을 물리치고
　지형도를 만들고 길을 닦으며
　공방전으로 얼룩진 피의 거리를 총 대신 수수 빗자루로 쓸어 갔다.

그것은 아무도 예상치 못한 실화였다. 그러면서 그들은 서둘러 무기를 회수하여 농기구로 만들고 이역 신들의 추방을 결정했다. 비로소 뚫린 바리케이드와 금지 구역……
사방의 사나운 화염을 잠재우고, 좀 더 열기가 가라앉길 기다려, 목수와 미장이와 토목 기사를 모집했다. 거리마다 청년들은 경계를 늦추지 않았고, 아이들은 조금씩 특유의 명랑성을 되찾아 갔고, 간밤의 참혹함도 잊은 채 부지런한 사람들은 벌써부터 일터로 갈 준비를 하기도 했다.

일용할 양식은 여전히 넉넉지 않았다. 쾌적한 잠자리도 그리고 일손들도. 개척할 미래와 주도권을 둘러싼 분쟁도 여전했다. 그곳은 한때 수리 떼가 죽은 고기를 탐하던 곳이었다. 그곳은 맹수들이 피 맛을 즐기며 날뛰던 곳이었다.

그러나 이제부터 다시 시작이었다. 어른 아이 할 것 없이 각자의 임무를 분담받으며 새 각오를 다졌다. 우직하고 책임감이 강한 이웃들이 외곽 경비를 담당했다. 그들은 연단을 수호하고 젊고 영리한 족장들의 집회소를 방어했다. 얼마 전의 오랑캐의 잔학과 유린을 상기하며 이른 새벽 주먹밥을 쥐고 거리로 나섰다.

끝끝내 그들 중에 몇 명은 고향으로 돌아오지 않았다. 그것은 실현 불가능한 봄밤의 꿈이기도 했다.

5 긴급 송신(SOS)

여기는 남쪽 나라 무풍지대

조국이여, 우린 난바다 속에 갇혀 있음

바람을 기다림. 긴급 구조는 불가능한 것으로 판단됨

식량은 열흘간의 물과 건어물뿐임

그러나 안심하기 바람

교신은 곧 끊겠음. 다행히 수백 명 중에

건장한 사내도 여러 명 남아 있음

계속 노를 저어 항해할 계획임

누구도 후회하거나 두려워하지 않음

여기는 다시 남쪽 나라 무풍지대

조국이여, 우린 무역풍 지대에 도착함

이곳은 의외로 잔잔함

환상의 섬이 또 나타남

마스트엔 여전히 조국의 기가 펄럭임

뭔가 일어날 것 같음

갑작스런 순항의 시간들이 오히려 이상함

불길한 예감으로 모두들 잠들지 못함. 목이 쉬고

팔다리가 부어오름. 하지만 고장 난 선체를 수선하고

소금 묻은 총구를 손질하며 묵묵히 견디고 있음

교신 끊겠음. 그러나 묻겠노니 조국이여
우리가 새 땅을 발견하는 즉시
그곳에 정착해도 좋은가
그곳에 뿌리내려 새 깃발을 달아도 좋은가
바다에선 바다의 시민이었음

오, 난파당한 조국이여
아직도 우리는 애국가를 부르고 있음
바다에 빼앗기지 않은 시신을 싣고
바람의 궐기를 기다리고 있음
어떤 배도 근처를 지나지 않음

6 벽 시

벽이여, 벽이여
내 무게와 망설임으로 뛰어넘을 수 없는 높이여

너와 내가 무심결에 지나치는 통곡의 벽 위에
춘설보다 흰 그리움의 백지 위에
익명으로 내갈긴 우리들의 매직 글씨
우리들의 함성 그날의 희미한 유인물이여

날마다 지문이 닳도록 시멘트 벽에 써 내려간
내용도 형체도 없는 아우들의 절규
전혀 재생할 수 없는 어머니들의 오열
그리고 판독할 수 없는 문맥으로 이어진 낙서
더욱이 유탄처럼 날아가 버린 그대의 외마디여

누가 저 북채를 잡을 것인가
빈 책상에 놓인 장미 다섯 송이를 치우고
단발머리 여중학생들의 눈물을 그치게 할 것인가
저 겁 많고 길들여진 앵무새의 혓바닥을 찢고
누가 고통 없이 그 길을 그냥 지나칠 수 있겠는가

오, 태양이여 해바라기여
살아 이 잔인했던 젊은 날들을 증언하리
그러면서 나의 위선과 오만도 고백하며
이 불가사의한 어둠의 정체를 파헤치리

그러나 벽이여
눈뜨면 사방이 가로막힌 단색의 철창이여
붉은 피를 잉크 삼아 그 겨울에 쌓아 둔 사랑의 편지
손끝마다 피가 맺히도록 누군가 긁어 버린
계엄령 내린 영창의 모조지 위로
백일홍 담홍색 꽃멍울이 맺는구나
산수유 노오란 꽃 무더기가 지는구나

7 불의 형상

——무엇이 불타고 무엇이 남았는가

그날, 내 판단이 정확하다면, 나의 도시는 저주를 받았다. 나의 조국은 분명 영원한 지옥의 불 속에 던져져 있었다. 불의 축제였다. 불의 거리였다.

어느 날 저녁 방송국이 먼저 불타올랐다. 그리고 어느 날 낮에 경찰서의 유리창으로 돌이 날아가고 검은 연기가 빠져나오기 시작했다. 노동청으로 달려가 불을 지르고, 신문사로 달려가고 있었다. 아니다. 그들은 먼저 한가로이 주차장이나 거리에 정차해 있는 자가용 속에 화염병을 던져 넣었다.

적들이 노리는 것은 우리들 불의 심장이었다. 피 대신 불을 뿜는 젊고 깨끗한 영혼이었다. 그날, 온통 증오의 불길에 휩싸이지 않는 것은 무엇이고, 그 성난 불길 속에 검은 뼈를 드러낸 사람은 누구던가. 무엇이 불타고 그 누가 의연하게 그 불꽃 속에서 끝까지 버티었는가.

불이여, 너는 위험하다.
뜨거울수록 맑은 네 영혼의 숨결이
너를 태우고 결국 모두를 사라지게 한다.
불이여, 너는 깨끗하다.

밝으면 밝을수록 불의 심지조차
남김없이 태운다. 그 황홀한 유혹
그 저주스런 불꽃이 젊은 피를 마시고
불나비처럼 그들을 돌진하게 만들고 있다.
불의 조국이여, 불의 밝고 환한 길로 그들을 인도하라.

오, 그 불은 마침내 진압되었다. 하지만, 불이여, 너는
사방으로 불꽃을 튕기며, 스스로의 존재를 확인시켜 준
다. 너를 태운 불길이 선배의 망설임을 때리고, 젊은 친
구의 온몸에 석유를 끼얹게 하고 있다. 불을 질러야 한다
고 소리치며 그 거리에 불이 되어 버린 노동자, 그리고
아프고 치명적인 불의 투신이 계속되고 있다.

소방수여, 그 불은 물과 모래로는 꺼지지 않는다. 정결
한 소금과 돌과 피만이 끌 수 있다. 건들지 말고, 다스려
라. 오오…… 거기 불의 진실에 승복하라. 그러면 따스해
지리라. 친절하고 다정해지리라.

8 비가(悲歌)

누가 배 속의 아이와 어머니를
교살하고 남편들을 거리로 내쫓았는가
그렇다, 서로를 부르는 외마디 비명 소리가
처절한 마지막 작별 인사가 되었다
철면피한 계절의 악순환에 끌려갔다
저녁이면 들리던 그 휘파람새 시름에 찬 노래가
들리지 않는다

사나운 바람의 발톱에 찢기고 갈라진
검붉은 나뭇등걸마다 터져 나오는 축축한 수액들

또다시 되풀이될 수는 없다
한 번으로 족하다 그것도 억지와
생떼로 조건 없이 내맡겨진 불행이었다면……
  "사내여, 아이는 목마를 태우고
   아내는 등에 업은 채 진달래 산천을 넘으라"

──그러나 누가 기억해 줄 것인가
고단한 일터에서 돌아오면 제 풀에 지쳐
잠들어 버린 아이와

깊은 밤
더운밥 같은 수많은 아내와 엄마들을

누가 있어 이 칭얼대는 아이들을 달래고
무슨 그리움이 남아 있어
피어나는 무지개 위에 바람 풍선을 띄울 것인가

──작게 키 맞춘 공동묘지 돌 비석 위에 산새가 운다
그 울음에 묻은 암울한 저녁의 노래
가장 낮고 느린 진양조의 흐느낌
그리고 노을 붉은 서산마루로 힘없이 날아간다
　"그대는 천사였소. 요단강 건너 다시 만납시다"
　"아빠 편히 계신 곳에 우리 마음 함께 있어요"

잔울음조차 다한 밤바람을 맞으며
내 피가 사납게 고동치는 소리를 듣는다
그대의 휘청거리는 걸음걸음 밝히는
풀잎들의 비장한 합창 소리에 귀 기울인다

오, 그대여 기억하는가

한 부락민의 집에 무슨 일이 일어났는지
그날 타 부족들이 태어나지 않는 한 아이와
아직도 젊고 성실한 임신부를 제물로 원했는지
오, 나의 멍에 추억이여
그대는 결코 편하게 잠들지 못하리라
거듭 물세례와 소금으로 태어나리라

9 너희들의 조사와 애도를 거부한다

너희들의 조사와 애도를 거부한다
사방이 막힌 다락방에 숨어 오줌을 누고
계엄령 내린 도시를 벗어나 은신했지만
여전히 불심검문과 늦은 밤의 호루라기 소리를 두려워
했지만

헤매 본 자만이 아는 짐승의 시간들
그 화난 자유의 조건이 무효화될 때까지
나는 객관의 거리를 확보한 자의 기도나
너의 교활함과 변신을 변호해 줄 세월과
피 묻은 흰 손으로 바치는 꽃 타래를 사절한다
능숙하고 매끄러운 문장의 조사를 거부한다

고귀한 죽음의 대가로 흥정한
그 가을 들판의 풍년과 고속도로
어린이대공원에 대한 의혹이 풀릴 때까지
폭력이 폭력을 밀어낼 수 있거나
폭력이 또한 폭력을 물리칠 수 없다는 것을
너와 내가 충분히 납득할 때까지

너희들이 써 나가는 모든 현대사 위에
너희들의 편견과 간교함을 변호하는 붉은 혓바닥
당대를 평화의 시대라고 규정하는
안일함과 권태와 식곤증에, 그리고
너와 나의 엄연한 패배와 냉소 위에
또다시 희생을 강요하며 목울대를 치는
너희들의 찬사와 헌화를 거부한다

다시금 배신하고 배신받지 않을 나를 위하여
그리고 정직하게 반성하고 용서받는 너를 위하여
내 너희들의 조화와 방문을 거부한다
내 너희들의 행동과 공격을 응시한다

10 그날의 일기

오늘은 우리가 졌다고 하고
어느 날쯤 어딘가에 램프라도 켜 두었다 하자
마침내 우리가 쓰러지고 죽어 가
아픈 기억만 남았을 때
길고 오랜 싸움에 지쳐 외로울 때
흐르는 강물 마른 갈대숲에
다소곳이 누워 보기라도 하자
어차피 돌고 도는 세상의 승패에 대하여
역사에 대하여
꿈꾸는 것과 침묵하는 일만 남았다고 써 두자
풀잎 같은 이 목숨
풀잎처럼 작고 쓰린 환한 미래를 위하여
올바른 증오를 위하여
언젠가 착한 소녀가 울며 기도하고
용서받을 수 있는 고해소가 있는 나라를 생각해 두자
내 땅의 이웃들이 서로 미워하고
헐뜯고 꼬집으며 살아온 모든 비애와 슬픔이
모두 우리들 운명이라 해 두자
아무도 이날의 뜨거움과 분노를
그날의 죽음과 함성을 못 잊는다고 해 두자

서로가 서로의 증인이 되어
가고자 하는 길은 하나이고
그 길은 바뀔 수도 없었다고
멈출 수도 없는 것이라고 다짐해 두자
기다림과 그리움이 전부인 내 나라
보리죽만 먹던 서러운 하늘에 서서
오늘은 졌다고 하고
오늘은 아무것도 안 보았다 하자
그대여, 오늘은 무효라고 해 두자

11 만남을 위하여

내 그대를 만났고, 그대를 원했고, 또 가혹하게도 그대
를 배신했다
너무도 짧은 순간에 너무 많은 일이 일어났고
만나자마자 너무도 많은 시련들이 대기하고 있었다
그대의 탓이 아니었다. 한꺼번에 너무도 빨리
진딧물과 함께 한여름이 진군해 왔다

이 엄청난 감동과 참상으로부터 우리는 물러섰다

그 후로 세월은 흘러 모든 게 잊혀 갔고
그곳이 성소 혹은 관광지가 되어 갔지만
스무 살의 대학생이던 나는 나의 상처로 헤매고 있었고
너는 너대로 미완의 봉기를 준비하며
방부제와 향으로 뒤덮인 세월을 붙들고 있었다

은근히 그곳에 남은 허물과 증거들을 불안해했고
새벽의 총소리도 외면한 채 그 골방으로 다시 숨어들었다
순결하고 고집스런 그대와
차분하고 과감한 청년들만이 그날을 지켜 가고 있었다

다행히도 대부분의 생존자들이 빠르게 회복되어 돌아
왔고
　불행히도 아직도 많은 슬픔과 증오들이 잔설처럼 남아
있었다
　내 그대를 무수히 보았고, 그대를 찾았고, 또 슬프게도
그대를 잃어버렸다. 세월과 내 무성의 탓만은 아니었다
　거기서 나의 한계를 알았고, 나의 전부를 목격했고
　분명하게 내가 돌아갈 자리를 남몰래 생각했다

　풀도 가로수도 욕망도 자랄 대로 자란
　어두침침한 대낮의 눈부신 거리를 지나면서 나는,
　더 이상 그대의 희생과 몸을 요구하지 않기로 했다
　꿀과 꽃가루를 탐하는 무익한 등에가 되지 않기로 했다

제3장

그대에게 이 말 전해 주게

1 유배지에서 보낸 내 마음의 편지 I

난 다시 사라진 옛 추억의 그림자를 밟는
어릿광대가 되지 않기로 했죠
물론 사랑의 꼬리를 물고 오는
크낙한 증오와 유정(有情)을 성인(聖人)처럼
외면한 채 목화밭 고랑에 몸 숨기는
그런 못된 감정의 유희를 완전히 버린 것은 아니었죠

누구의 탓도 아니면서 서로를 헐뜯고
알게 모르게 자신들을 학대하며
자해 행위나 즐기고 있었던 것은 아니었는지요
아니면 아무도 가르쳐 주지 않던
삶과 사랑의 길목에서 아무도 몰래
회한과 연민으로 괴로워하지나 않았는지요

내 힘든 고롱의 멍에를 벗겨 주세요
그대여, 고삐 쥔 그대의 손이 떨고 있잖아요
그 피투성이 해돋이 뒤에서나
우리 다시 죽어 버린 추억의 알뿌리나 캘 수 없잖아요

그럴 수도 있겠지요 이 시대가 지나면

망각과 함께 옛일을 아름답게 기억할 수도 있겠죠
사노라면 잊힐 날도 있겠지요

편지 한 장
못 부친 무성의함만 탓해 주세요
조종(弔鍾) 한 번 크게
울리지 못했음을 용서해 주세요

오늘은 이만 줄입니다

2 유배지에서 보낸 내 마음의 편지 II

무엇이었을까, 떠나간 그대와 홀로 남은 내가, 그 산마루턱 바람재에 키 큰 장승이 되어 꿈꾸던 하늘의 빛깔은. 하얀 들찔레꽃이 눈발처럼 쏟아지던 그해 봄, 땅까시 자욱한 길에서 영원히 갈라서듯, 제각기 누런 베수건을 감아쥐고 얼굴을 가린 채, 남남처럼 뒤돌아선 모습들은.

그래, 그대여. 이제 무엇을 후회하며, 누구를 떳떳이 단죄하고, 누가 단죄할 수 있을 것이냐. 그토록 그대와 나의 육신에 새겨진 사랑의 흉터를 감추고, 큰 슬픔과 경악의 문신을 어떤 세월의 비바람을 맞으며 지워 갈 것이냐. 정녕 더 이상은 접근할 수 없게 뒤얽힌 칡덩굴, 시시각각 박쥐 떼 날아드는 잎새 고운 산언저리, 이 기막힌 비극의 밤거리에서, 진정 아무런 잘못도 없는 과거를 용서받고, 무심히 재를 넘나드는 저 흰 구름의 세월만 나무라고 있을 것이냐.

처음부터 우리는 폭도가 아니었다. 아무리 구슬리고 강요해도 너와 나는 동정을 지닌 신랑 신부였구나. 리어카꾼, 구두닦이, 철공소 공원, 보험 아줌마, 노점상이었으며…… 먹빛 교복의 고등학생이었구나. 오, 어떤 협잡과

박해가 더 계속된다 해도 모두들 순한 피를 가진 이 나라 착하디착한 백성들이었구나. 그대여.

그대여, 차라리 신생(新生)의 목마름이 가득했던 여름 근처 포탄 자국처럼 패인 붉은 기억의 상처들로, 우리 서로 지친 몸을 풀숲에 누이며 생각해 보지 않았던가. 그리고 곱고 고운 눈망울마다 가시나무 새의 전설을 담고 있었지 않았던가. 그대와 내가 못내 그리던, 짙푸른 가을 하늘 청 메아리 끝 간 데, 마침내 들메꽃으로 태어나 재로 져 버린 많은 사연들을 기억해 내지 않았던가.

진정 무엇이었을까. 서로가 다시 만날 기약도 없이 맹서한 푸른 마음의 서약들은. 그리고 오래 연락하지 않고 버티며, 찔레꽃 하얀 잎만 하염없이 세다가, 새가 되어, 주고받는, 이 이슬 젖은 암호들은. 풀리지 않는 유배의 시간, 적막강산 속에서.

3 너와 나 사이

너와 나 사이 지척의 거리에서
내가 가진 꿈과 사랑의 모든 것이
너에게 파악되고
반대로 너의 기다림과 그리움의 모든 것이
나와 동등한 무게로 느껴 왔을 때
누군가 하나는 죽고 하나는 살아야 할 때

그밖에 별다른 도리가 없을 때
찬란히 빛나는 눈빛들만 남았을 때
내가 단순하게 날아가는 돌이나
피 묻은 한 장의 엽서로 고향길에 들어선다 한들
너의 흰 살결 위에 검버섯이 핀다 한들

내가 죽어 네가 자유로울 수 있다면
네가 죽어 하나로 만날 수 있다면
최후의 한 사람이라도 남아
이 무수한 이유 없는 전쟁을 증언하고
그곳에 누운 서로의 그림자를 거두어 주기로 하자

이미 우린 서로를 잘 알고 있지 않는가

적만 아니면 우리 편이리라
부끄러운 사신을 이제 물 건너 보내지 말자
우리들 마지막 사랑의 백병전
살아 있는 풀잎의 함성으로 일어서고
말라붙은 슬픔의 풀뿌리로 바로 서자

눈보라 폭풍 속 먼 길 위에 낙엽으로 진들
이대로 북상하다 새처럼 돌아오지 못한다 한들 어떠랴
어떠랴. 누군가 까닭 없이 소름 돋는 저 하늘 아래
노을빛 타는 우리들 추억을 못 잊는다 한들

불가능과 가능의 십분의 일을 노리며
거리와 거리의 백분의 일을 단축하며 들어서자
속도와 속도의 천분의 일
시간과 시간의 만분의 일을 비집으며 다시 만나자

이제 팔부 능선을 휘돌지 말고
정체를 드러내고 위장을 지운 채
무소유의 타는 빛으로 지자. 승리가 보일 때까지
그리하여 사랑의 이름으로 함께 아파할 때까지

4 그대 생각

그대는 내 곁을 떠나지 않았다
더욱 깊어 가는 어둠 속의 별처럼
세월이 오래 흐르면 흐를수록 살아오는
사랑의 흰 모래톱에 새겨진 이름이여

그대는 현실적인 필요 위에 살아 있다
안개 자욱한 늪의 도시에 서면
기억의 창가를 배회하는 새 한 마리

잠자는 돌 속에
꿈꾸어 온 미래의 참된 늙음 속에
가슴을 타고 흐르는 눈부신 아침 햇살

바람 소리 물소리로
때로 거칠고 잔잔하게
때때로 세차고 상쾌하게 밀려오는
그대는 결코 죽지 않았다

반복되는 계절의 악순환 속에
씨앗·꽃·열매·싹으로 뒤섞여 다가온나

운명보다 강한 인연의 끈질김 속에
불의 밝음과 뜨거움으로 살아 있다

이미 피비린내 나는 과거와 관계없이
거리에서 우연히 스치거나
다시 만날 언약조차 없이
가슴으로 스미는 정한 눈물과도 상관없이
한순간도 잊어 본 적 없는 그대의 뒷모습

　　처음 거리에서 만난 지 햇수로 팔 년 전,
　　일 년간의 짧은 만남, 칠 년의 긴 이별
　　그리고 사랑과 미움으로 모두 지내 버린 나날
　　칠 년, 그 세월은 너무도 빠르고 더디게 지나갔다

그대로 하여 나는 다시 태어났다
그것은 새로이 태어나는 기쁨, 성숙의
아픈 시련을 의미했다 무모한 정열로 횃불을 들지 않는
머리와 독수리눈처럼 날카로운 예지와 용기를,
그 숱한 좌절과 위기에도 불구하고 그대는 언제나 내게
사랑의 진면목을 보여 주었다

그리고 게으르고 소심한 나의 영혼 속에
신선한 그대의 첫 입술을 열어 주었다
맑고 고른 숨결을 불어넣기 시작했다

5 그때 그 자리

나는 너에게 구차한 변명을 하지 않으련다
다시 너를 고통스럽게 하지 않으련다

그날 하루해가 저물도록
그리고 찬 이슬 내린 밤늦은 시각까지
그대 홀로 은행나무 밑에서 서성거렸음을 안다
그대만이 그 약속을 지켰음을 내 안다

그리고 촉박한 이별의 순간들을 예비하며
기꺼이 배신한 친구를 위해 성호를 긋고
편지를 남기고, 원망도 없이, 우정을 의심치 않은 채
단 한 사람의 동행도 없이
그렇듯 조용히 숨을 거두었다

군중도 영광의 십자가도 없는 거리에서였다
초라한 영혼의 비상을 따라 나서는 별빛도
만가(輓歌)도 까마귀 떼도 없던 언덕에서였다
증인도 목격자도 없던 골목에서였다

그건 어쩌면 작은 사태, 수줍은 신부와

청년의 첫 밤이 침입자에 의해 무참히 짓밟혔다
마침내 신부가 칼에 맞고
청년은 어디론가 개처럼 끌려갔다

그러한 그대의 큰 아픔과 운명,
우윳빛 흰 목의 외마디조차 상상할 수 없다
왜냐하면 난 그대를 저버렸고 무력했기에
우습고도 경악스럽게 술 단지에
머리를 박은 채 살아 왔기에
그리고 나는 그곳으로 나가지 않았기에

그대만이 우리들 최소한의 영역을 사수했다

모질고 잔인한 악마의 장난 같은 나날
그 후 몇 해가 지나도록
그대가 그 광장을 배회하며 남아 있었음을
내 이제야 안다
잠시도 경계를 늦추지 않은 채
늘 그 모습대로
약속 시간을 연장하며 두리번거리는 그대여

다시 너를 고통스럽게 하지 않으련다
나는 이제 너에게 구차한 변명을 하지 않으련다

6 그 길
──K를 위하여

아무도 지켜보지 않는 길
사랑도 우정도 함께 갈 수 없었던 길

부모도 자식도 별빛마저도
심지어 그 살과 뼈로 만든 아내마저도
함께 가자고 끌 수 없던 길

가도 가도 그리움뿐인
흙먼지 외로움과 기다림뿐인
그저 막막한 새벽의 길

온갖 고통이란 이름들만
돌부리 찬 이슬처럼 채이는 아프고 힘든 길

해도 달도 비켜 가는
좁고 가파른 외줄기 생명의 길

함부로 가서는 안 되는 길
누구나 갈 수 없는 성난 파도의 길

그래서 홀로 가야 했던 길
슬픔은 물론 쬐그만 기쁨조차도
저 혼자 누릴 수밖에 없는 죽음의 길

하지만 또다시 누군가 가고 있는 해방의 봄 길.

7 흰 목련꽃을 보며

사대 앞 흰 목련을 데생하는
예술대생들은 아는지 몰라
목탄으로 터치하고 지우는 일보다
수업 시간을 연장하며 소묘해 가는 것보다
잎보다 먼저 꽃이 피는 이유를.
목련꽃이 피면
사월이 문득 우리 곁에 다가서고
목련이 지면
아무도 모르게 오월이 그 흰 꽃잎을 밟고
조심스러이 들어서고 있는 까닭을.
몇 해 전 그 꽃그늘 아래
몇 명의 학우들이 피를 흘리고
더러는 죽어 흰 목련꽃을 피우며
옥색으로 벙글던 참된 뜻을 아는지 몰라
꽃은 그저 피우려니 지나쳐 왔던
지난날 혹은 봄비 속에서
순결하고 깨끗한 저 모습을 지닐 때까지
백날을 아파하며 기다렸을까
천 년도 넘게 매 맞으며 견디었을까
문득 빗속에서 만난 그대의

희고 정정한 얼굴을 생각하면
자꾸 부끄러워지는지 나는 몰라
지는 꽃잎마다 둥둥 북소리 울리며
다가오는지 정말 나는 몰라
마침내 화선지에 윤곽을 드러내는 그리움보다
봄 하늘 멀리 떠가는 흰 구름보다
화사하게 꽃 피우는 목련을 보면.

8 평화주의자로 자처하는 나는

 나는 비겁한 평화주의자로 남길 원했다. 세상의 넓이는 저녁 종소리로 채우고 세상의 깊이는 멋진 신세계의 동경으로 불 밝히는 꽃등 불을 상상했다. 무명의 잡풀이나 새들마다 예쁜 이름들을 지어 주고 발자국에 놀란 풀숲의 곤충에게도 신의 축복 속에 아름답게 죽어 가길 기도했었다. 야산을 개간하고, 그곳에 밀과 감자를 심는 진짜 농부이거나, 시인이길 바라는 나는 실상 사랑과 화평의 종소리조차 울려 본 적이 없었다.

 적에게서 거둔 단도가 거꾸로 내 망설임과 미련의 목과 손발을 자르지 못하고, 아무런 회의와…… 사무치는 향수도 없이 가만가만 내딛어 가는 불멸의 항진 속에서, 주춤거리며 이웃과 벗들과 거리를 유지하고 있다. 평화와 화해를 부르짖을 수 없는 시대에 평화주의자로 자처하는 나는.

9 흔들리지 않으리

흔들리지 않으리
스쳐 지나는 바람에도
터져 꽃망울이 맺힐 것 같은
한때의 푸른 상처 속에도
아프게 일어서서 밀려올 것 같은
그리움 잦은 수척한 가슴께
때 아닌 봄비가 마른 나뭇가지를 적시고
멋대로 웃자란 슬픔의 줄기와 합세하는데
흔들리지 않으리
오늘도 우리 일용할 양식을
이 땅에서 거두고 나눠 먹었으므로
셀 수 없는 기다림의 나날 속에서도
우린 아직 사랑하고 있으므로
천근만근 억누르는 그 산 그 하늘 아래
팔만 사천의 고해(苦海) 속에서도
흙 뿌리를 박고 사는 쑥 같은 이웃들
끝내 솟아오르고만 싶은 목숨들 위로
생명의 봄비가 내리는데
흔들리지 않으리
늘 그렇게 꽃이 되고

향기가 될 것 같은 우리들
간절한 소망 위에
수세미 같은 희망 위에
푸르게 싹터 오는 사랑이여

제4장

다시 이 거리에 서서

1 막힌 구멍을 뚫습니다

비구름 칙칙한 우울한 날들이었습니다
파아란 하늘 마른 햇볕이 그리운
1980년 광주의 오월, 신은 그 도시를 버리지 않았습니다
그 신은 징벌보다 천둥 번개 같은 은총을
가난하고도 정직한 그 소도시에 내렸습니다

그 의미를 깨닫기까지 참으로 많은 날들을
우리는 싸워 왔고, 죽어 갔고, 또 아파해야 했습니다
모든 것을 뚫어 버린 함성 검은 그을음이 가득한
현대사의 굴뚝을 힘겹게 밀어붙인 어깨들을 생각합니다
안개정국 파괴된 시가지를 일으키는 인간방패들을 생각
합니다
그 사이로 헤드라이트를 켜고 돌진하던 차량과
가라앉지 않고 수직으로 치솟던 기름통의 불꽃을 생각
합니다

구원의 실마리도 없이 책과 씨름하시는 분
그날처럼 방문을 걸어 잠근 채 귀를 막고
솜이불을 뒤집어쓰고 방바닥에 엎드려 있는 분
차츰 연탄가스에 질식되어 가는 가정적인 남편과

아내와 그리고 그 애완동물이 되어 가는 아이들 여러분
선생님, 의사, 정치가, 상인, 군인 여러분
수채가 막히면 강물은 거꾸로 올라옵니다
그 강물이 쌓이면 강물은 사나워집니다
오래 쇠고리를 찬 들개 떼는 적의를 품습니다

시민 여러분…… 당신과 나 사이를 가로막고 있는
벽은 의외로 단단하고 허망합니다 이 땅에선 당신들만이
당신의 안전을 절대적으로 보장합니다 어서 창문을 활
짝 열고
대문 밖으로 나오십시오 아직은 아무 데도 안전한 곳은
없습니다

사랑도 행복도 사실은 평화로울 때
자유도 평등도 사실은 스스로가 실감할 수 있을 때
가능합니다 정부도 우방도 사실은 우리가 힘이 있을 때
우호적이고 친절하며 우리 이익을 위해 적극적입니다
늙고 병든 구들장을 관통하는 뜨겁고
싱싱한 봄바람. 오, 슬픔이며 분노, 피며, 혁명인
고래를 켜서 막힌 구멍을 뚫습니다

비무장 완충지대 위장된 평화의 숲을 불태웁니다
총알보다 강한 사랑, 평화, 소망의 아우성으로
우리들 생명의 리듬을, 호흡을, 미래를 찾습니다
그 본보기가 되어 버린 나의 도시로 당신들을 정중히
초청합니다

지금 당신들을 부르는 징 소리 따라
손과 손, 어깨와 어깨를 마주 잡고
말없이 뜨겁게, 여럿이 정답게 인사하며 나서 보십시오
그러면서 맺히고 걸린 것 없이 자유롭게 나아가고
우리가 쟁취한 것만은 지킬 수 있는 방어력을 키워 갑
시다
줄지어 떼 지어 오는 새 아침의 마당 한구석
웅웅거리며 천년의 비원을 위로하는
구멍 뚫린 저 느티나무의 울음으로 빛나는 땅에 서는
그날에.

2 벌목 시대

알고 싶은가
지금도 파도 흥흥한 동해를 가로질러,
비바람 치는 한밤을 도와, 입을 틀어막고
눈 가리며 상륙하는 상선과 선교사
그리고 매춘과 사디즘과 환락과 술을 강요하는
저들이 누구인지 알고 싶은가

대명천지 한낮에도 버젓이 당신들을 호령하고
당신의 아들딸들의 손발을 묶으며
한국산 유실수를 톱질하고 포플러 아카시아로
온 산천을 채워 가는 그들이 누구인지
동백꽃 울울한 문중산 그루터기를 도끼질하는
저들이 과연 무엇을 다시 탐하는지 알고 싶은가

저 한없이 번창하는 폐허의 시가지
오랑캐식 예법을 장려하고
장사하는 당신들의 이기와 속셈이
도리어 당신들을 배반하고 내모는 날
형제들이 끌려가 개돼지 취급받는 그날이
그 언제쯤인지 정녕 묻고 싶은가

온갖 고문과 회유가 소용돌이치는
봄 청산 언덕마다 피 토하듯 울음 우는 새 떼들이여
이제 개종과 새로운 방랑을 각오할 때임을 선언한다
기쁨의 검푸른 바다가 보일 때까지

마침내 지쳐 버린 발걸음 앞에 부서지는
무한한 그리움의 흰 파도로 온몸을 적실 때까지
질긴 목숨과 쭈그러든 불알을 움켜쥐고
저마다 주어진 잎과 가지를 키우며
휘몰아치는 광기를 달래는 암흑시대임을 선언한다

왜 미치도록 당신을 부르는지
봄이면 피 묻은 얼굴로 진달래는 온 산천에 피어나는지
그리하여 굳게 닫힌 교문을 향해 돌을 던지고
공장에서 거리에서 밥상머리에서
머리를 찧고 땅을 치며 당신들을 그리워하는지
아아, 진정 알고 싶은가

  다시 신작로가 뚫리면
  문둥이 떼가 먼저 지나가고

한바탕 비적들을 소탕하는 토벌대가 지나가고
강제로 처녀를 유린하고 노동력을 징발할 것이다
저희들끼리 물어뜯고, 모함하고, 시기하고, 고발하며
식민지의 충량한 마름으로, 순사보로, 하우스보이로
밥줄을 거머쥔 적에게 관대하고
동족에게 가혹한 불문법이 제정될 것이다
또다시 구두 통을 메고 전쟁 통의 거리에서
피난길에 잃어버린 부모 형제들을 찾아 나설 때가
올 것이다
독학으로 농군의 아들들이 교사와 면 서기를 꿈꿀
것이다
지주의 자식들이 유학생으로, 군수로, 언론인으로
문인으로 계몽운동을 시작하고, 스스로 공덕비를 세
울 것이다
기꺼이 냄새나는 책장을 덮고
상투 머리 흰 도포 자락으로 일어서는 학인(學人)을
만나게 될 것이다
매서운 추위의 배신을 견디면서까지
한평생 농기구 쇠스랑을 들고 일어섰다 죽어 간
무명의 여름지기 떼를 알게 될 것이다

92

어느 때든 소문도 없이 사라지는
관목만 무성한 내 땅의 어디선가
고사(枯死)한 장송들과 흰 벽들과 함께

3 적은 이런 용모를 하고 있었다

행방불명. 하지만 우리의 수소문은 의외로 끈질기다. 그들은 우리와 함께 부대낀다. 게릴라처럼 능숙하게 불시에 출몰한다. 허점을 파고들면서 적당한 타협을 요구하기도 한다.

장롱과 방바닥 틈에 박혀 있다가 머리칼을 잡아채는 바퀴 벌레의 섬뜩함, 폐부 깊숙이 덮여 가는 니코틴의 끈적임, 사타구니와 겨드랑이에 돋아나는 붉은 악성 종기들, 쌀독 속의 바구미처럼 살아 있다.

구체적인 빵 위의 곰팡이, 오래된 술병의 신맛으로 살아 있다. 맹수의 새끼들이 부리는 귀염을 생각하는 중년의 아버지, 자상한 남편, 능력 있는 직업인으로 행세하고 있다.

지금 그들은 애완동물을 기르는 부호로, 눈만 뜨면 예수와 화해를 부르짖는 광신도로, 세련된 언어와 도덕과 예절을 지닌 수도자로 통하고 있다.

이것만으로도 현상 수배는 가능하지 않겠는가. 증거를

은폐하려 할수록 과장되고 세심한 몸짓, 범죄자들의 질탕한 환락, 가증스런 자선, 너무나도 인간적인 호소, 그리고 신을 닮은 위엄과 허세.

저들의 법정은 거리가 될 것이다. 저들의 현장검증도 수천수만의 증인과 함께 그곳에서 이루어질 것이다. 지상에선 뿌린 대로 거둔다. 아무도 거기에서 예외일 수는 없다.

그들은 이해타산이 있는 곳에서 늘 무자비하다.

한 번의 계획적인 실수, 그리고 낯 뜨거운 군림.

피의 행진.

4 나는 보았다, 알았다, 그리고 생각했다

그 거리에 서면
나는 나의 크고 작은 비밀을 털어놓으며
우선 편도선이 부어오른 그날의 목구멍에
손가락을 쑤셔 박고 싶다. 그 밤거리에 서면
팔을 잡아끄는 늙은 창녀의 애잔한 유혹을 뿌리치고
목구멍에 끓어오른 피고름을 내뱉고 싶어진다
이름과 얼굴이 가물거리는 그날의 친구들 행방을 물으며
오가는 아무런 차량이나 불러 세워
그날의 불타오르던 통한의 시가지를 누비고 싶어진다

나는 황공하게도 용맹한 부족의 전사로 칭송되고 있었다
나는 어처구니없게도 자랑스런 가문의 후예로 기록되고
있었다
나는 우습게도 끝까지 진지를 사수한 생존자로 알려졌다

나는 사실 끝까지 남아 있지 않았다
눈과 귀를 막은 채 불타오르는 전쟁터
동료의 죽음과 울부짖음을 외면했다
나는 솔직히 비겁자였다. 부어오른 편도선과
발목의 부상을 핑계 삼아 전선을 벗어났었다

무기력한 흰 손의 가난한 서정을 쫓는 시인 지망생에
불과했다

그런데도 나는 위대한 시민으로 불려졌다

그리고 부끄럼과 죄의식이 면역성을 얻어 가는 동안

놀랍게도 너는 사랑하지 않고서도 육욕의 팔다리를 교
환하며
계산된 용기로 아슬아슬한 외줄을 타고
아무런 미련도 없이 순결을 버리고도
처녀성을 더욱 목말라 하는 퓨리턴이 되어 있었다
나는 제대로 싸워 보지도 않고
승리감에 도취한 몸 성한 나팔수로 둔갑해 있었다

그러나
그때 나는 어디에 숨어 있었던 것일까
그때 너는 검문소를 피해 논두렁을 밟으며
어디로 가고 있었던 것일까

그리고 무정한 세월이 복류하고 있는 동안

그대들이여
나는 보았다. 나의 안락함 뒤의 엄청난 부정을,
너의 너그러운 미소 뒤에 감추어진 적의를,
그리고 나의 평화의 구호 속의 지독한 위선을,
너의 화려한 성장 속의 그늘을,
다시 너와 나의 일치 속에 숨어 있는 분열을,
나와 너의 약속 속에 번진 무서운 배반을,
천사 속의 악마, 악마 속의 천사를……

나는 그때 모든 것을 알았다

이제 나는 고발하고 싶어진다
그대들이여, 수많았던 또 다른 나에게 침을 뱉고
해맑은 거리의 법정에 서게 하라
때마침 흐려 오는 밤하늘 아래
별빛으로 거리에서 물러서라
그 거리에 서면,

나는 다시 용서받고 싶어진다

5 그러나 사실과는 달리, 그것은 시작에 불과했다

길손이여,
기사회생한 그 봄꽃들이 영양을 얻고
꽃과 향기를 마음껏 뿜낼 때까지
그대가 본 것은 조화(弔花)로 꾸며진 벌판에 불과하다
그대가 목격한 성스런 의식은 월급쟁이 목사, 상주,
정원사, 무녀, 시인들이 즐긴 푸닥거리에 지나지 않는다

약삭빠른 보리밭 위의 종달새 울음과
능수능란한 변신과 재치와 기교로 그날의
골목마다 자리 잡은 세리, 포주, 제사장, 푸줏간 주인,
증권 거래인, 사기꾼, 도박꾼, 술꾼들에게 어찌 웃음과
화해의 악수를 청하겠는가. 그대들의 호의와 위안을
또다시 배신의 엿가락과 맞바꾸고
허황한 수사로 그날을 미화시키며 앉아 있겠는가

보라, 길손이여
착하고 어진 심성을 소유한 한국의 강물이여
이것이 바로 확인시켜 주고 싶었던 오월의 뜨락이다
이것이 바로 저주받은 카인의 땅의 유적이다

이제 저들의 끈질긴 선전포고를 저격하고
성전(聖戰)에 임하는 게 우선적으로 요구된다
덧나는 부상의 치유와 추상화된 현재를 위해서가 아니라
새로운 환란의 봄을 그냥 보내지 않기 위해 지금도
더 많은 노력과 만족할 만한 각자의 헌신이 요구된다

그리하여 그때가 오면
우체부는 골고루 그대들에게 지원 영장을 배달할 것이다
물 한 모금으로라도 귀하게 목마른 입술을 축이며
지난날의 영욕을 즐겁게 속삭이고
모두 함께 들놀이 초청장을 받는 꿈을 꿀 것이다
그리고 선 채로 돌이 되어 버린
망부석의 까칠한 머리채를 뒤흔들 것이다

이윽고 그대가 손에 쥔 꽃을 던져라
길손이여. 흑장미의 창백한 진실을 바로 보아라
이제 시작에 불과하다

그 후로 달라진 것은 아무것도 없다
그곳에서 자유로울 수 있는 영혼은 어느 곳에도 없다

6 의문 너머 또 의문

——승리의 정의는 미래에 속한다. 또한 불완전한 정의도 동시에
  위험하다.

늦게나마 벗겨진 모함——일차적인 해결은 시작되었다
끈질긴 요구와 저항을 받아——겨우 이루어졌다
불타는 공격으로 구둣발을 이기며
젊은 벗들의 끊임없는 분신이 이어지면서
마침내 사랑은 사소한 시비와
하찮은 태형과 모욕을 물리치고 다음 단계를 찾고 있다
가장 치밀하고 무자비한 적들과 맞서
기어이 오월은 계속되고 있다——그리고 의문이 뒤따랐다
의문 너머 또 의문이 우선 과장되고 가슴 아픈
수사의 조사, 부활의 메시지를 뚫고 거칠게 일어났다
——정성되고 정직한 추모 시를 악의로 내몰진 않겠다

그러나 그날의 그들은 냉정하고 침착했다
지휘 체계는 완벽했고…… 명령은 빈틈없이 수행되었다
실상 우리는 정확히 당했고, 분명히 그것을 목격했고,
다시 그때 우리는 솔직히 패배를 시인해야 했다

힘과 탄약과 병졸들은 넘쳐흐를 만큼 넉넉했다
모든 면에서 우리보다 우위였다. 그런데도 그들은
일시적이나마 후퇴(後退)를 감행했고 곧바로 진격해 왔나

벌써 언론 매체마다 그들의 재집권을 옹호하는
두 개의 책자가 배달되었다. 큰 코의 외국인들은 이미
피 냄새를 맡고 도시를 탈출해 갔다. 군용 트럭이 도둑
처럼 갈재를 넘어오고
우리들 멋진 능력을 겨루는 캠퍼스 숲 속 어디선가
덫과 먹이를 확인하는 눈빛들로 가득 차 있었다

(아무도 건드리지 않는 이 사실적 역사가
진정이 아니기를 내 진실로 바라지만)
처음부터 그들은 이곳을 택하고 있지는 않았을까
이미 우리의 죽음과 행동까지도 계산하고 있지 않았을까
(그 땅에 뿌려진 한 방울의 피와 눈물도 헛될 수는 없
겠지만)
순조로이 진행된 횃불 행진과 연도의 환호와 갈채조차
그들의 싸늘한 조소와 방치 아래 이루어진 것이 아닐까

그만 두자, 하지만 우리도 생각만큼 어수룩하지 않다
마지막 순간까지 저들의 각본 속에 움직인 것이라 해도
우리도 얻을 것은 얻었다. 그들은 저질렀고 우리는 똑
똑히 보았다

(단 미래에 속한 것이겠지만) 기억하라. 우리도 쉽게 꺾이진 않는다

무엇보다도 그 의문을 딛고 선 우리 편의 확인이다. 싸움이다

──따라서 그들의 정체만은 이제 확실해졌다

7 금남로에 서서

그대와의 결별을 선언할 땐 그랬습니다
다시 피 흘리는 전쟁이 죽기보다도 싫어
기다림과 그리움으로 채워진 조국의 밤이 너무도 고되
고 길어
아, 이제는 피비린내 가득한 거리를 더 이상 견딜 수
없어
그 후 나는 석삼년 동안을 군대 생활로 메웠습니다
그럭저럭 복학해 뒷전에 물러나 일 년을 보내다가
그것마저 포기하고 해남 대흥사 암자에 은거하다가
어느덧 9년 만에 대학 졸업장마저 손에 쥐었습니다

나를 그토록 초라하게 만든 도시,
스스로 일어서야 했던 거센 운명의 싸움터
그곳에 서서 그대들에게 묻습니다
우리는 그때 사랑의 전부를 보지 않았던가요
우리는 또한 사랑의 최후를 목격했던 것 아닌가요

그러나 섣불리 우리들의 과거와 미래를 단정해선 안 됩
니다
우리의 싸움은 현재 분명히 진행 중에 있기 때문입니다

어쩌면 사랑은 싸움의 시작이고
싸움의 완성임을 이제사 깨닫고 있기 때문입니다

그 길은 그대와 내가 다시 만나는 길입니다
그 길은 그대와 내가 스스로를 이기는 길이기도 합니다
모든 억압과 억지와 자존심과 이별하고
물빛 맑은 가을 강의 달맞이꽃으로 피어나는 길입니다
한 번쯤 소중한 자신을 위해 눈물 흘리는 길이기도 합
니다

모두에게 그 길은 일방적인 생사(生死)의 통로였으며
오욕이었으며 유보된 큰 희망의 거점이었습니다
모두에게 그 길은 아름답고 자발적인 익명의 길이었으며
기쁨이었으며 동시에 거대한 죽음의 바다였습니다

나에게 구속과 해방의 경계를 체험케 해 준 도시
나에게 사랑의 쓰고 단 열매를 깨물게 해 준 거리
나의 감시자여; 모두가 주인이 된 거리의 시가행진을
기억합니다
그날의 궐기대회가 지금도 계속되고 있음을 믿고 있습

니다

　아무도 지지 않은 채 푸른 은행나무 이파리로 흔들리고
있음을 확인하고 있습니다

8 다시 금남로에 서서

이제 물러가는 법도 배우렵니다
물러가 제대로 검은 흙 속에 활착하는 나무뿌리로 살렵
니다
가능하다면 곧게 서는 상수리나무로 이 땅에 자리 잡고
싶습니다
더 많은 사람들이 이 거리를 자유롭게 활보하고
당당하게 어깨를 겨루며 들어서기 위하여
거리마다 넘쳐흐르는 피의 추억을 닦고 쓰는
청소부로 물러나 기도하고 감사하는 속죄인이 되렵니다
더 많은 꽃들로 폐허의 거리를 덮기 위하여
물러나 가꾸고 다듬는 한 농부로 만족하렵니다

하늘이 무너지는 아버지의 죽음을 경험했던
꼬마 소녀여, 그 텅 빈 공간이나마
누군가 아프게 들어서야 했던 것을 네 알았느냐
순박하며 독립된 사람들이 지켜 가는,
그러면서 모두가 함께 새날을 열어 가는 거리로
밀려오는 찬란한 아침의 나라를 확신하였느냐
그 신선하고 맑은 봄바람은 이제 함부로 불지 않고
방향 없이 지나가지 않음을 진정 너희는 알고 있었느냐

그러나 이제 물러가렵니다

물러가 좁고 척박한 대지에서나마 무명의 꽃을 피우렵
니다

영혼 불멸의 교리; 우리들 불변의 행동 강령도

가끔은 너그러이 이런 변명 또한 이해하시기 바랍니다

귀하고 푸른 젊은 날들을 노예의 경험

군대시절 이야기로 호기롭게 채우는 이 땅의 젊은이들과

돈과 권력과 자식을 위해 기꺼이 그 한 몸 희생하는

이 땅의 많은 부모네들과 그리고 멋모르고 미래를 낙관
하는 아이들

그 속에서나마 묵묵히 백의종군하는 한 시인이고 싶습
니다

세월과 시간의 강을 건너

아무런 근심도 없이 늙어 가고 자라 오는 가로수

우리들 비좁은 희망의 숲길을 따라, 힘닿는 데까지

가다가다 멈추며 험한 고개 역사의 장벽을 넘고 싶습
니다

아직도 자리가 많이 비어 있는

외롭고 가난한 무명용사 무덤 곁의 띠풀이고 싶습니다

그날의 한 시민군 조원으로 물러나
모두가 버린 전선의 한 조각 부서진 벽돌이고 싶습니다

제5장

들꽃처럼 꺾여진 영혼들을 어영차 일으키고

1 길 닦음의 노래

일어나라, 신새벽의 수탉이 홰를 치고 있다
시인이여, 새날의 피 냄새를 동반한 바람이 일고 있다

너는 비록 물러나 성황당 당산나무 아래 돌탑이나 쌓으
며 살고 있지만,
너에게도 태양빛이 관대하게 비쳐 들고 있다
멀리 어둠에 잠긴 도시와 숲의 고요함을 흔들며
축축한 산안개가 잠시 방해하거나 가로막을지라도
아침 아니면 오후에라도 쨍쨍한 햇살이 다가오고 있다

천연의 그리움을 수놓아서 짠 흰 모시베의 여름옷과
다시 천연의 그리움으로 깎아 만든 지팡이를 짚고
오, 철없는 처녀 애의 수다, 알사탕 같은 붉은 해돋이
속에
그 들녘에 나는 연한 야채들과 오곡으로 햇밥을 지어,
해마다 청명절이면 그대 앞에 나아가리라
옛 싸움의 참혹한 피의 기억, 늙음의 잔잔한 휴식, 푸
른 오월의 소란스런 꽃 소식,
옛일의 교훈을 생각하고 미래의 행운에 감사해하는 밝
고 단순한 아이들과 노래하며.

모든 것이 황금빛으로 일제히 반짝이며
그동안의 치욕을 청산해 주리라 생각해서는 안 된다
그동안의 세월을 보상하고, 축제의 날이 계속되리라 믿
어서도 안 된다
차라리 큰물 진 후의 다리와 습관처럼 몸에 배인 허무
의 늪에 서서
눈 들어 서서히 무리 지어 남행하는 새 떼를 지켜보라
아들 못 난 소박데기 여인들이 천대받으며 거리로 내쫓
기고
그 일곱 딸들이 몸 팔며 노래하는 음울한 날들 속에
몇 번이고 찬란한 증오의 군대가 그 땅을 피로 적셨음
을 기억하라

모든 것이 완벽하거나 해결되었다고 장담하지 말라
이제 겨우 승리를 위한 첫걸음마를 뗀 데 불과하다
잠자리 베개맡에라도 은장도 하나쯤 준비해 두라
안심하긴 아직 이르다. 믿어서도 안 되리라
그러면 누가 또 다른 환란의 밤을 즐겨 맡겠는가
누가 다시 끝나지 않은 전쟁을 책임지고 종군하겠는가

아, 그대는 벌써 작은 승리의 축배를 들고 있는가.
나의 동지여!
아침 태양은 이미 땀 흘리고 수고하는 일꾼들의 땅
에 가 있다

그날의 재회와 환희를 상상하는 것으로 우린 황송하다
오랜 전투와 체념에서 얻은 산 경험만큼 값진 것이 없
으리라
그럴듯한 꾸밈과 죽은 객관을 신뢰해서도 안 되리라
모두가 최선을 다했다고 용감했다고 노래해서도 안 되
리라
늘 불행했던 과거를 기억하라. 그대의 불운 속에 행복
했던 짜릿함과 황홀한 돼지꿈의 방문으로 만족하라
긴 수난과 순식간에 사라진 불꽃들을 생각하라. 세상의
단맛에 봉사하는 설탕이 아니라 정결한 소금의 입자들로
지상에 남아 있으라

그날이 오고 있다. 확신해도 좋으리라.

2 그 언덕 그 동산 아래 꽃비가 내리고

천지개벽의 비라고 했다
누군가 광야에서 소리치며 길을 닦으라 했다
배를 수선하고, 곡식을 찧고, 집짐승을 단속하라고 했다
하지만 늦봄의 숲은 마냥 푸르렀고 그날의 상처는 드러
나지 않았다
한 시인은 일찍이 현장에서 하느님도
새 떼들도 떠나 버린 도시의 소요와 비극을 증언했다

속죄의 비라고 했다
그 언덕 그 동산 아래 꽃비가 내리고
지워지지 않는 한 연대의 피비린내를 씻으며
그 대신 번제 양의 살 태우는 냄새가 바람에 날리기 시
작했다
꽃 피는 사월의 라일락 향기가 밀려 나오기 시작했다

그대들은 불완전했다
저들의 사망일이 모오든 뿌리의 기력을 모두어
잎을 늘리고 잔가지를 키우는 계절임을 기억하라
잘라 낸 수만큼 일어나고
줄기들이 반란처럼 몸 세우는 때임을 기억하라

축복과 환송의 비라고 했다
한 알의 밀 씨가 떨어진 자리마다 빗물이 고이고
부러진 포도 나무 가지를 꺾꽂이하는 시기라고 했다
그 멈추지 않는 봄비의 흐느낌 속에서
누군가 이기고 싶었다고 작게 말했다
비 냄새를 감지한 풀뿌리들이 동요하기 시작했다

....

　저것 좀 봐. 어둠 속에 태어나는 별들, 어둠의 대지
　캄캄한 흙 속에서 고개 드는 꽃들. 오월의 눈부시고
　따스한 생명의 햇살 좀 봐. '그곳', 한바탕의 접전이
지나간
　자리마다 피어나는 벼랑 끝의 은방울꽃. '그곳', 찾
지 못한 사자(死者)들의
　매장지마다 명굴져 오는 러브체인들 좀 봐.

누군가 진혼과 부활의 비라고 했다
회개하지 않는 족속과 이방인의 공격
그리고 악마들의 기사가 쏘아 대는 화산 속에서

죽은 만큼 부활하고, 흔들린 만큼 일어서는 신월(新月)
이라 했다
　끊임없는 소요와 방화 속에서 찬란히 몰려오는
　함성이라고 했다. 순백의 화난 불비라고 했다

3 그대가 머물고 있는 이 땅의 고독한 한때 기다림에 대하여

그날이 오면
잔잔한 낙타의 행진 속에 조용히 물 마시는
선인장 가늘고 연한 뿌리를 보게 될 것이다
한때나마 일시적 휴전이 가져다 준 휴식에 감사하며
기다림을 지닌 생존자의 기쁨을 눈치 챌 것이다.

다시 밤의 정적을 가르는 불길한 유성 하나가
그대의 여유와 남은 피를 원하는 것이라면
그대가 만난 고독한 시간의 한때
카드놀이를 하거나 성냥개비를 꺾으며
혹은 늦을 수도 있는 귀향에도 유념치 않을 것이다

차마 눈 감을 수 없던 풍랑의 세월
몇 번이고 쌓다 허물어 버린 모래성 추억
그 시가지 도로 위에 흑비둘기 울음만 남긴 채
쓸쓸히 사라진 그대의 행방을 물으며
필터 달린 고독의 끝을 질근질근 깨물 것이다

물어뜯을 한 점 외로움조차
빵 껍질조차 남지 않은 원탁의 테이블과

이 험악한 밤길을 동반해 줄 북 소리
나팔수마저 없는 징역의 밤

저마다의 암초에 좌초된 채
최소한의 물과 소금과
최소한의 움집을 가진 구도자와 같이
버릴 것은 버리고
얻을 것은 얻는 그 풍성한
고단의 끝을 알게 될 것이다

못다 이룬 하루 저녁의 달콤한 위안과
언제나 불투명한 안개 속의 미래에 대하여
어디선가 짝을 이룬 다정한 영혼들의 다툼에 대하여
첨벙거리며 아침 해변을 뛰놀던 옛 친구의 안부에 대하여
더 이상 초조해하거나 불안해하지 않을 것이다
예상보다 늦거나 빨리 도착하는 것에도 개의치 않을 것
이다

그대가 잠시 닻을 내린 지상의 방마다
또 누군가 어김없이 안부 편지를 배달할 것이다

혹은 안 올지도 모르는 평온의 아침
끝없는 기다림을 허락받은
그대가 택한 시간의 고독한 한때

4 누군가는 죽고 누군가는 끝내 살아남을 것이다

…… 기다림은 의무였다
투박하고 거친 바람의 손길이 닿는 곳마다
그대 늙고 병든 이마여, 세월의 무심함을 거역하는가
그 잔인한 시간의 조롱 속에 검은 바윗돌처럼 들어앉은
애증의 그림자, 목마름을 적시던 신 포도주 맛을 기억
하는가
회상의 언덕마다 드센 눈보라의 폭설,
강철의 견고함을 절단하는 카바이드 불꽃, 온갖 시련과
학대를 견디어 온 상수리나무의 울음을 기억하는가

오, 그대는 더디 오는 새벽의 연인을 원망해선 안 된다
얼마나 많은 등불이 새벽이 오기도 전에 꺼져 버렸던가
얼마나 많은 사람들이 귀향길에서 죽어 갔던가
온 누리마다 연속되는 장례식과 결혼식
그리고 아이의 태어남을 노래해야 옳지 않겠는가
그대여……! 불행히도 우리들의 사랑은,
기다림은 즐거운 의무여야 했다
연탄불도 꺼져 버린 자취방 한구석
책을 읽고 토론하며 한 잔 술로 가슴을 덥히던
그 시절의 순수한 정열로 남아 있어야 했다

이웃이 이웃을 법정에 고발하고
형제끼리 상속 문제로 갈라서고, 아내가
남편과 아이들을 독살하는 동안에도
우리 끈질기게 살아남아 싸워야 하지 않겠는가

지구의 이쪽과 저쪽에서 생성과 소멸이
지칠 줄 모르게 진행되는 순간에도
누군가는 오지 않은 미래 속에 죽어 가고
누군가는 끝끝내 남아 그들과 기꺼이 임무 교대해야 하
지 않겠는가

5 바다 연서(戀書)

불행한 세대여, 바다엔 사람이 살지 않는다. 오래 전부터 크고 작은 상처와 함께 뜨는 모래와 파도와 추억이 전부일 뿐.

지상에 내리는 생명의 봄비는 힘을 다해 네게로 온다. 와서 잠든 식물 뿌리를 적시며 그대들의 해맑은 영혼의 이름을 부른다. 망각의 강나루 건너 봄 뜰의 노오란 산수유의 비애를 다 태우고, 그해 침몰한 메이플라워호의 동체(胴體)를 끌어올린다. 모든 부활에의 애착과 갈망은 꿈꾸듯 뒤척이는 저 사자(死者)들의 불편한 꿈속으로 다가온다.

그 바다에는 지금 물고기와 해초와 불가사리만 살고 있다. 그러나 영원히 어머니의 배 속에 출렁이던 양수도 그대와 함께 흘러가고 있는가. 온갖 지상의 생명은 흐르고 흐르는 데 있다는데, 그렇다면 우린 지금 어디서 멈춰 있는 것일까. 폐수와 외국 상선과 음모가 우글거리는 이 바다는, 아무래도 그들이 살 곳이 아니다.

그렇다면, 그 많은 사람들의 불행과 순교가 하늘이나 그리움의 바다로 침몰하지는 않을 것이라는 생각이 든다.

6 찬양의 노래

오랫동안 묘지와 비명을 못 가진
성인 성녀들이여 꽃들이여
오, 아름답고 황량한 내 마음의 고향 땅이여

기억하라 조국이여
모두들 내 나라 내 백성임을 인정하라
낮은 산등성이가 팔을 뻗어 아직도 붉은 생땅에 엎드려
우는 늙은 어머니와 누이들의 등을 감싸 안으며 토닥이는
것을 지켜보라. 물방울 머금은 활짝 핀 덩굴장미 모습 같
은 얼굴
눈동자를 떠올리며 해 질 녘 강에 나선 아비들을 기억
하라

기억하라, 망자여. 그 단정하고 거대한 시위의 행렬.
펄럭이는 태극기의 물결 위에, 그 희고 정결한 여학생의
춘추복 상의 위에, 그 음흉하고 써늘한 이방인의 눈빛 위
에, 곳곳마다 바리케이드 친 꽃무덤의 시신 위에,
오, 눈물의 봄이여. 이제 무슨 꽃으로 다시 새 땅을 채
우려느냐
그러고도 남은 시간은 또 누구를 위해 기도하려느냐

오, 강물 같은 분노와 희망의 군단이여
성전을 더럽히는 상인과 핍박과
모든 살아 있는 사람들의 불행 위에
터져 나오는 성모마리아의 계절이여, 오월의 장미여

그 모든 영혼의 푸른 숨결 속에
그 모든 갈망과 두려움의 날개 속에
미소를 띠며 기꺼이 손을 내미는 어머니

죽음의 능선 피의 골짜기에 피어나던 백합화
그것은 더 이상 신화가 아니었다
그것은 단지 흘린 피와 신앙에 대한
헐값의 지불과 보상이었을 뿐
실상 어느 것도 거저 얻어진 아름다움은 없다

그리고 여전히 불안해하는 숲 속의 눈빛들이여.

7 서른세 송이의 꽃묶음으로

─묵주기도

가장 낮은 땅에 가장 낮은 키를 가진 들꽃을 묶어, 그대의 꽃병에 담아 두고 싶습니다. 봄날, 이 땅에 지천으로 피어오르는 자운영, 토끼풀, 엉겅퀴, 달래, 냉이, 씀바귀, 민들레꽃과 같이 다년생 풀뿌리를 가진 그대들을 기리며, 흐리고 음습한 날이면, 맑은 오월의 바람으로 그대들의 슬픈 얼굴을 닦겠습니다. 순수한 모국어의 오랑캐꽃, 달맞이꽃, 개나리, 진달래, 개철쭉, 삐비꽃, 독새기, 패랭이의 흰 꽃, 노란 꽃, 붉은 꽃을 따다가, 그대들이 힘들게 넘던 험한 바위 고개마다 뿌리겠습니다. 밀냄새, 보리꽃, 호밀밭을 지나, 감꽃, 살구꽃, 배꽃, 황매화꽃, 복사꽃, 어우러진 과실나무 봄 산천을 지키며 그대들이 살다 간 날들을 더듬겠습니다. 가장 아름다운 계절에 태어나 가장 애틋하게 져 버린 그대들 생애 같은 수많은 이 땅의 풀꽃들을 기억하며, 창포꽃, 초롱꽃, 수선화, 봉숭아, 콩꽃, 돌미나리, 마늘꽃으로 푸르러 오는 장엄한 대지에 기꺼이 입 맞추겠습니다.

기뻐하소서, 이제 그대들이 가던 길에 피어나던 깨꽃, 자주달개비, 메밀꽃, 붓꽃, 백합꽃, 싸리꽃, 등꽃의 향기를 모아 천국으로 향한 그대의 앞길에 퍼뜨리겠습니다. 서른 세 송이의 든든한 꽃 사다리를 만들고, 묵주처럼 이어, 칠월 칠석 가문 은하수 길에 놓아 드리겠습니다. 평범하고 정성된 꽃다발의 묵주기도를 서른세 배도 더 넘게 보속으로 올리겠습니다. 아직도 얼굴과 이름을 갖지 못한 많은 꽃들처럼 그대들은 지금도 좁은 목관(木棺) 속에 가까스로 발 뻗고 있지만.

8 묘비명(墓碑銘)

　여기에 밝고 환한 땅이 있었습니다…… 길게 자란 풀숲 사이에 내 영혼을 눕힐 만한 새의 둥지도 다행히 마련했습니다. 알고 있답니다. 왜 그대들이 울고 있는지. 지상의 시간이 그리워지는 하늘 푸른 가을날이기도 합니다. 그동안 참으로 감사했습니다. 즐거웠습니다. 그리고 사랑했습니다. 사람들이여, 사는 날까지 착하게 힘을 다해 사십시오. 죽은 자는 죽은 자니 외롭고 고단한 날이나마 아름답게 견디십시오. 그날이 오면, 지난 세월 참고 참아 온 눈물 한 방울 삭은 이 흰 뼈 위에 고이 뿌려 주시렵니까. 나를 위해 기도하지 말고, 살아 있는 당신들의 조국을 위해 울어 주십시오. 다시 만날 때까지.

9 초혼의 노래, 진혼의 시

그리하여, 더는 나아가거나 물러설 수 없는 곳. 죽음과 생성이 차라리 포근한 눈보라에 덮여 솜털 묻는 푸른 쑥 잎처럼 아우성치고 있다. 땅은 기름지지 않고, 포도와 보리가 말라 죽은, 수고한 자만이 수확하고, 주린 자는 끝까지 주리는, 저쪽의 나라. 그 산모퉁이 오솔길 옆에, 그 캄캄한 절벽의 세월 속에, 그대들이 잠들어 있다. 벌거숭이 모국어와 나무들, 그리고 깨끗한 피의 원주민이여,

눈을 뜨라, 그대들은 악몽을 꾸고 있다
그리하여, 불편한 그대들의 이부자리를 평탄하게 하라

그대가 가난과 기다림으로 살다 간 식민지 시절…… 그 칭칭 동여맨 푸른 수의와 죄수 번호를 기억한다. 식물성의 목이 부러지고, 외인부대가 그대들의 아내와 딸과 몸 섞는 동안, 어설프게 종부성사를 주던 사제들을 이제 고발한다. 우리들 몸에 두른 부드런 담비의 가죽, 얼굴에 처바른 형형색색의 진흙 더미를 떼어낸다.

놋쇠 소리 쩡쩡한 징과 꽹과리의 불협화음, 그러나 빠르고 강한 일치 속에서 그대들을 떠올린다. 말가죽 소가

죽의 탁하고 맑은 북 소리 장단에 지향 없이 춤추는 그대들의 눈물 어린 몸짓을 본다…… 그런데도 누가 쉽게 부활절의 아침을 찬미하고 성체성사를 주도했던가.

그대 잘 가라. 남은 장례식과 그 부활의 미사 참례는 하늘과 살아남은 자들의 몫일 테니까. 모든 죄 닦음과 번제는 그대들의 희생만으로 충분하니까.

10 어느 불꽃의 노래

벗이여, 네 아비가 범한 죄 속에 그대가 놓여 있다. 예부터 크고 작은 참회와 더불어 이루어진 숫양의 번제. 보아라, 이 땅은 오직 정적과 어둠 속에서, 얼마나 무섭고 두려운 승부의 게임을 시작하고 있는가. 응급실에 누워 세례를 받는 이 사람의 살과 피, 사랑과 꿈 그리고 미숙하나 순수한 철학을 엿보며 말하노니, 너는 성 스테파노가 아니라, 발산 부락 날품 파는 막노동꾼의 자랑스런 큰아들, 대학 청소부 아줌마의 유일한 탈출구……

그렇다, 네가 짐승이 아닌 몸을 그을려 밝힌
불꽃이 뜨거워서 괴로웠던 것이 아니라
그것이 너무 맑고 투명해서 나는 차라리 기뻤다
휘발유를 끼얹고서도 자신조차 다 태우지 못한 고통 때문이 아니라
미완성의 사랑과 꿈조차 팽개쳐 버린 선택 때문에 나는 아팠다
간절한 기도가 무기력해서가 아니라
영혼조차 편안히 못 가게 하는 남아 버린 시간이 안타까웠다

…… 그리하여, 온갖 추문과 허위가 판을 치는, 한 나라 전체가 밤새도록 방문을 잠근 채, 너를 외면하며 가슴을 친다. 그리고 낮의 세계에선 불꽃이 불필요할 거라고 수군거린다. 그리고 얼마 후 하늘나라의 특권인 평화 속의 부활과, 인간의 편인 고통 속의 순교를 얘기하며 천천히 술잔을 들고 웃고 울며 너를 보내고 있다.

오, 불행한 시절의 숫양이여, 우리들 내밀한 급소를 찌르고 핥으며 날름거리는 이삭의 장작 더미를 칭송하는 시인이여! 밤하늘 멀리 길흉을 알 수 없는 꼬리 긴 유성 하나가 방금 타오르다 빠르게 사라졌음을 기억하라…… 그리고 양도받은 시간 속에 다시 그대의 무덤이 내 손에 의해 파헤쳐지고 더럽혀질 수 있음을 경계하라.

나는 지금 아무도 몰래 고향 집에 숨어 들어온 신선하고 청량한 바람의 우편부가 전해 준 새 세대의 쪽지를 읽고 있다. 이상과 현실의 분계점이 보이지 않는 시대의 벼랑 끝을 로우프도 없이 기어오르는 성난 불길을 보고 있다.

재앙의 신화와 소생의 언어

홍용희

1980년 5월 광주의 학살은 마치 무서운 자연재해처럼 다가왔다. 광주의 시민들은 물론 이 땅의 양민들 어느 누구도 자국의 권력기관에 의해 피의 학살이 자행되리라고는 예측하지 못했다. 모든 문명과 이성의 시간이 일제히 정지된 야만의 시간이 돌발한 것이다. 마치 구약의 창세기에 나오는 노아의 홍수와 같은 재앙이 현실 속에서 발생하고 있었다. 그러나 노아의 홍수는 인간의 타락에 대한 신의 가혹한 심판으로서 홀로 올바르게 살았던 노아의 방주에 주목하는 권선징악의 화소와 관계되지만, 광주 시민에게 광주 학살 사건은 일방적인 재앙의 연속이었다. 세계에 대한 심판의 주체가 신이 아니라 권력욕에 눈먼 왜곡된 인간이었기 때문이다.

국민의 안보와 평화를 지켜 주는 충성스러운 국가의 방

위력이 국민의 재산과 목숨을 파괴하고 살상하는 무서운 괴물로 돌변한 상황은 논리적 이해의 차원보다 신화적인 재앙의 상상력을 먼저 환기시킨다. 임동확의 시적 원형을 이루는 『매장시편』은 이처럼 광주 항쟁의 비극성을 신화적 상상력과 교호하면서 준열한 어조로 노래한다. 그래서 그의 시 세계의 화법은 궁극적으로 인간과 세계에 대한 신성모독의 의미를 강조한다. 그의 시 세계가 광주 항쟁을 소재로 한 많은 다른 시편들과 달리 직접적, 평면적, 구호적인 성향을 뛰어넘어 유현한 시적 인식과 통찰의 모습을 보여 주는 배경이 여기에 있다.

다음 시편은 천재지변의 재앙처럼 다가온 광주 항쟁의 비극상을 실감 있게 노래하고 있다.

    …… 첫날은 남풍이 순하게 불어왔다
    뜻하지 않은 폭풍이 그렇게 시작되었다
    저마다 꿀풀을 찾아 나선 주민들은
    앞 다투어 이미 꽃놀이가 벌어진 거리로 나섰다
    벌써 지고 있는 꽃 사태야 상관할 바 아니었다

    그러고 나서 대환란이 시작되었다
    하룻밤 사이 모든 봄꽃이 져 버렸다
    하룻밤 사이 산과 들이 잠기고
    온갖 아우성과 혼란 속에 길이 막혔다

…… 땅 위의 모든 식물이 뿌리째 드러나고
축포와 함께 저들의 화려한 불꽃놀이가 진행되었다
대홍수가 일어났다…… 온 누리가 침묵에 잠기고
검은 비가 속력을 늦추지 않은 채
다가올 짐승의 시간들을 예고했다

…… 주민들은 기를 쓰며 도망치고자 했다
그들은 빌딩 숲 위로 기어올랐으나
지반이 무너지면서 길바닥에 내동댕이쳐졌다
그들은 필사적으로 은행나무를 붙잡았으나
나무는 애당초 그들을 지탱할 힘이 없었다

　　　　　　　　　　　　　——「언덕의 노래」

　"뜻하지 않은 폭풍"과 "대홍수"로 인해 "하룻밤 사이" "모든 봄꽃이 져 버"리고, "산과 들이 잠기고", "온갖 아우성과 혼란 속에 길이 막혔다." 소멸과 단절과 상실이 한순간에 덮쳐 오고 있는 것이다.
　마치 구약의 창세기에 나오는 노아의 방주와 같은 재앙이 침투하고 있다. "물이 땅에 더욱 창일하매 (중략) 땅 위에 움직이는 생물이 다 죽었으니 곧 새와 육축과 들짐승과 땅에 기는 모든 것과 모든 사람이라. 육지에 있어 코로 생물의 기식을 호흡하는 것은 모두 다 죽었더라." (창세기 7:19-22) 푸생의 그림으로 묘사된 바 있는 노아의 홍수의 참담한 재앙이 1980년 광주에서 그대로 재현되고 있었던 것이다. "빌딩 숲"이나 "은행나무"도 "검은 비"의 홍수로부터 피난처가 되지 못하고 있다. 세상은 온통 죽음의 공포로 질식할 듯 뒤덮이고 있다. 앞으로 다가올 세계는 피와 광기로 얼룩진 "짐승의 시간"인 것이다. 이를테면, 그것은 다음과 같은 선사시대의 미개한 약육강식의 폭력과 패륜의 연대기를 가리킨다.

　　모두가 돌과 몽둥이로 무장하고
　　수렵과 채취를 시작하고 힘을 숭배하기 시작했다
　　불과 활을 발명하고 큰 칼 작은 칼을 만들었다

　　순환과 피 흘림의 반복 사이에는 물신(物神)의 늪이 있었다

　　화적 떼가 일어났다
　　곡식이 짓밟히고 농기구가 무기로 돌변했다
　　버려진 논밭마다 잡초가 더부룩하고
　　한 족장이 그의 젊은 아들에 의해 살해되었다

　　그때 이후로 우리는 무의미한
　　역사의 진보를 무조건 신뢰할 수 없었다
　　모두들 함부로 영혼을 위탁하지 않았고
　　부활도 화려한 장례식도 믿지 않았다

남은 것은 살기 어린 조소와 회의뿐이었다

예언과 지식과 사랑마저도
불화살의 과녁이 되어 시커먼 연기로 타올랐다
아무런 기적도 구원도 끝내 일어나지 않았다
——「슬픈 물음들」

　문명의 시대가 열리기 이전의 "수렵과 채취"를 일삼던
석기시대의 생존 방식이 등장하면서 "아무런 기적도 구원
도 끝내 일어나지 않"는 절망적 상황이 정론 형식의 유장
한 시적 호흡과 리듬을 통해 노래되고 있다. 시적 언어의
비장한 속도, 강약, 악센트가 진중하면서도 뜨거운 정론
적인 리듬을 형성하여 야만의 연대기에 대한 준열한 비판
과 저항 의지를 효과적으로 결정화하고 있다.
　대체로 시적 리듬은 생리적 리듬보다는 일상어의 리듬,
시대적 상황의 특성에 따라 생성된다. 이렇게 보면, "피
흘림의 반복"으로 전개되는 광주 항쟁의 숨 막히는 현장
이 비감 어린 음조, 절도, 긴장력을 배가하는 정론 형식
의 리듬을 생성하였음을 알 수 있다. 다시 말해, 임동확
은 광주 항쟁에 대응하는 '시대적 리듬'을 창조해 내는
데 성공하고 있는 것이다. 그래서 그의 시편들의 탄력적
인 정론의 리듬은 불길한 격정의 서사적 사건을 현장감
있게 묘파하면서 아울러 이를 정면에서 돌파해 나가고자
하는 치열한 힘을 효과적으로 반영하고 있다.

한편 앞에서 "물"을 통한 재앙의 신화는 광기의 불을 통해 등장하기도 한다. 고대 그리스인들이 믿었던 세계의 형성 요인인 물, 불, 공기, 흙의 4원소가 적절한 조화 속에서 어우러지지 못하고 서로 극단적인 충돌을 통해 지각 변동의 파행을 불러오는 무서운 존재로 전락하고 있는 것이다. 다음 시편은 유령처럼 도시를 배회하며 파괴를 일삼는 광기의 불길로 미만해 있다.

  그날, 내 판단이 정확하다면, 나의 도시는 저주를 받았다. 나의 조국은 분명 영원한 지옥의 불 속에 던져져 있었다. 불의 축제였다. 불의 거리였다.

  어느 날 저녁 방송국이 먼저 불타올랐다. 그리고 어느 날 낮에 경찰서의 유리창으로 돌이 날아가고 검은 연기가 빠져나오기 시작했다. 노동청으로 달려가 불을 지르고, 신문사로 달려가고 있었다. 아니다. 그들은 먼저 한가로이 주차장이나 거리에 정차해 있는 자가용 속에 화염병을 던져 넣었다.
  적들이 노리는 것은 우리들 불의 심장이었다. 피 대신 불을 뿜는 젊고 깨끗한 영혼이었다. 그날, 온통 증오의 불길에 휩싸이지 않는 것은 무엇이고, 그 성난 불길 속에 검은 뼈를 드러낸 사람은 누구던가. 무엇이 불타고 그 누가 의연하게 그 불꽃 속에서 끝까지 버티었는가.

불이여, 너는 위험하다.
뜨거울수록 맑은 네 영혼의 숨결이
너를 태우고 결국 모두를 사라지게 한다.
불이여, 너는 깨끗하다.
밝으면 밝을수록 불의 심지조차
남김없이 태운다. 그 황홀한 유혹
그 저주스런 불꽃이 젊은 피를 마시고
불나비처럼 그들을 돌진하게 만들고 있다.
불의 조국이여, 불의 밝고 환한 길로 그들을 인도하라.

오, 그 불은 마침내 진압되었다. 하지만, 불이여, 너는
사방으로 불꽃을 튕기며, 스스로의 존재를 확인시켜 준
다. 너를 태운 불길이 선배의 망설임을 때리고, 젊은 친구
의 온몸에 석유를 끼얹게 하고 있다. 불을 질러야 한다고
소리치며 그 거리에 불이 되어 버린 노동자, 그리고 아프
고 치명적인 불의 투신이 계속되고 있다.
　　　　—「불의 형상—무엇이 불타고 무엇이 남았는가」

"지옥의 불"이 도시의 거리를 공격하고 있다. 방송국,
경찰서, 주차장 등등이 온통 저주와 광기의 불길에 파멸
되고 있다. 이때 저주와 광기의 불은 서로 다른 두 가지
의 층위로 나누어진다. 하나가 "적들이" 내뿜는 억압의
불이라면, 다른 하나는 이에 대응하는 "젊고 깨끗한 영
혼"들이 뿜는 저항의 불이다. "저주스런 불꽃"이 "젊은

피를 마시고", 젊은이들은 다시 "불나비처럼" 그들을 향해 "돌진하"는 대결 국면이 벌어지고 있다.

불이란 본래 어둠을 쫓고 따뜻한 삶의 보금자리를 만들며 음식을 익혀 주는 생의 친숙한 물질적 요소이지만, 그러나 그 이면에 "모두를 사라지게" 하는 파괴 본능을 지니고 있기도 하다. 이 점은 억압과 저항의 불꽃 모두의 공통된 속성이다. 그래서 한 차례 파괴 본능을 노출한 불꽃은 그것이 "진압"된 이후에도 지속적으로 자신의 내적 속성을 주술처럼 뿜어 낸다. 그리하여 "젊은 친구의 온몸에 석유를 끼얹게 하"고, "불을 질러야 한다고 소리치며 그 거리에 불이 되어 버린 노동자"를 양산하고, "아프고 치명적인 불의 투신"을 지속시킨다.

실제로, 1980년 5월 광주에서의 학살(광기의 불) 사건은 1980년대를 관통하면서 지속적으로 전국을 충격 속에 몰아넣은 열사들의 분신자살과 화염병 시위를 낳는 원인으로 작용한다. 문명사회의 모든 규율이 근본적으로 전복된 "짐승의 시간"이 남기고 간 상처는 결코 표면적인 진압과 타협의 차원에서 치유될 수 있는 성격이 아닌 것이다. "이날의 뜨거움과 분노를/ 그날의 죽음과 함성을 못 잊는"(「그날의 일기」) 혹독한 후유증에서 자유로운 사람은 아무도 없었다.

다음 시편에서는 물과 불의 잔혹사가 남긴 후유증의 실상들을 읽을 수 있다.

그 후로 세월은 흘러 모든 게 잊혀 갔고
그곳이 성소 혹은 관광지가 되어 갔지만
스무 살의 대학생이던 나는 나의 상처로 헤매고 있었고
너는 너대로 미완의 봉기를 준비하며
방부제와 향으로 뒤덮인 세월을 붙들고 있었다

은근히 그곳에 남은 허물과 증거들을 불안해했고
새벽의 총소리도 외면한 채 그 골방으로 다시 숨어들었다
순결하고 고집스런 그대와
차분하고 과감한 청년들만이 그날을 지켜 가고 있었다

다행히도 대부분의 생존자들이 빠르게 회복되어 돌아왔고
불행히도 아직도 많은 슬픔과 증오들이 잔설처럼 남아
있었다
내 그대를 무수히 보았고, 그대를 찾았고, 또 슬프게도
그대를 잃어버렸다. 세월과 내 무성의 탓만은 아니었다
거기서 나의 한계를 알았고, 나의 전부를 목격했고
분명하게 내가 돌아갈 자리를 남몰래 생각했다
             ——「만남을 위하여」

세상은 다시 야만의 시간을 넘어 문명의 질서를 회복했
지만, 그러나 그것은 "방부제와 향으로 뒤덮"은 표피적인
치유와 정화에 지나지 않는다. 그리하여 1980년 5월 광주
항쟁의 체험은 제각기 "상처로 헤매"거나 "미완의 봉기를

준비"하는 삶의 행로들을 결정한다. 시적 화자 역시 광주 항쟁의 목격을 통해 "나의 한계를 알았고, 나의 전부를 목격했고/ 분명하게 내가 돌아갈 자리를 남몰래 생각"한다. 그에게 광주 항쟁의 체험은 삶의 성찰과 지향점의 거울이며 이정표인 것이다. "순간을 사는 것이 인생이며 순간을 극복하는 것이 인생이다. 그것이 바로 영혼을 극복하는 것이다. 앞으로 전진하라. …… 우리가 사랑했던 것 외롭고 고통스러웠던 것 그 어느 것 하나 헛됨은 없어라."(「부치지 않은 편지」) "1980년 5월 27일 도청에서 죽은 전남대 사범대학 상업교육과 2년생 이정연의 일기"라고 전언하는, 격정의 역사적 현장에서의 비장한 기록물은 광주 항쟁을 경험한 대부분의 내적 독백이기도 한 것이다.

1980년 광주 항쟁, 그 숨막히는 "순간을" 치열하게 살았던 "인생이" 다시 그 "순간을 극복하는" 과정은 어떤 것일까? 그것은 스스로 자신의 몸에서부터 저주와 분노의 물과 불을 제거하고 대지와 동화하는 것이다.

이제 물러가는 법도 배우럽니다
물러가 제대로 검은 흙 속에 활착하는 나무뿌리로 살렵니다
가능하다면 곧게 서는 상수리나무로 이 땅에 자리 잡고 싶습니다
더 많은 사람들이 이 거리를 자유롭게 활보하고
당당하게 어깨를 겨루며 들어서기 위하여

거리마다 넘쳐흐르는 피의 추억을 닦고 쓰는
청소부로 물러나 기도하고 감사하는 속죄인이 되렵니다
더 많은 꽃들로 폐허의 거리를 덮기 위하여
물러나 가꾸고 다듬는 한 농부로 만족하렵니다
                              ——「다시 금남로에 서서」

시적 화자는 스스로 물러서서 "흙 속"으로 들어가고자
한다. 물과 불을 막고 끌 수 있는 물질적 요소는 "흙"이
기 때문이다. 그래서 그가 "흙 속에 활착하"여 "나무뿌
리"가 되는 것은 "더 많은 사람들이 이 거리를 자유롭게
활보하고/ 당당하게 어깨를 겨루며 들어"설 수 있게 하는
소생 제의의 과정으로서 의미를 지닌다. 물론 이것이 재
앙의 물과 불의 세력에 대한 수동적인 굴복과 타협을 가
리키는 것은 아니다. 오히려 악무한적인 투쟁의 직접적인
대결 논리를 넘어서서 신생과 살림의 재건을 향해 나아가
고자 하는 적극적이고 근본적인 변혁의 과정으로 파악된
다. 다시 말해, 여기에서는 시적 화자의 1980년 5월 광주
의 절망과 죽임의 사건을 신생과 평화의 발원지로 전환하
고자 하는 자기 의지가 스며 있는 것이다. 다음 시편은
이러한 정황을 더욱 선명하게 보여 준다.

저것 좀 봐. 어둠 속에 태어나는 별들, 어둠의 대지
캄캄한 흙 속에서 고개 드는 꽃들. 오월의 눈부시고
따스한 생명의 햇살 좀 봐. '그곳', 한바탕의 집진이

145

지나간

　자리마다 피어나는 벼랑 끝의 은방울꽃. '그곳', 찾지
못한 사자(死者)들의

　매장지마다 덩굴져 오는 러브체인들 좀 봐.

　　　　　　──「그 언덕 그 동산 아래 꽃비가 내리고」

　분노와 증오로 몸서리치게 하는 광주 학살에 대한 기억
을 "눈부시고 따스한 생명의 햇살"과 조우시키면서 "꽃"
들을 피어나게 하는 살림의 자양으로 전환한다. 광주가
어두운 죽음의 도시가 아닌 생명과 평화의 발원지로 재생
되고 있다. 이것은 또한 불온한 억압의 세력과 싸웠던 광
주 항쟁 영령들의 궁극적인 소망이기도 할 것이다. 그래서
광주는 앞으로도 이 땅의 정치적 민주주의는 물론 상생의
문화를 재건하는 전위로서 영원히 존재하게 될 것이다.

　임동확의 시 세계가 광주 항쟁에 대한 일련의 증언과 기
록에 충실하면서도 동시에 여기 머물지 않고 광주의 정신
사를 올바로 정립할 수 있었던 것은 체험적 사건을 그 체
험적 현장에 매몰시키지 않고 이를 신화적 상상력을 통한
심원한 인식과 통찰의 영역으로 스스로 확장하고 있었기
때문에 가능했던 것으로 파악된다. 이 점은 또한 2000년
대로 진입한 오늘날에 이르기까지 그가 지속적으로 자신
의 시 세계를 통해 광주의 정신사를 당대적 현실 속에서
누구보다 깊고 폭넓게 창조적으로 계승해 올 수 있었던
근거이기도 하다.　　　　　　　　　（필자: 문학평론가）

임동화

1959년 전남 광주에서 태어났다.
전남대 국문과 및 동 대학원을 졸업하고
서강대 국문과 대학원에서 박사 학위를 받았으며,
시집 『매장시편』을 펴내며 등단했다.
시집 『살아 있는 날들의 비망록』, 『운주사 가는 길』,
『벽을 문으로』, 『처음 사랑을 느꼈다』, 『나는 오래전에도 여기 있었다』와
시화집 『내 애인은 왼손잡이』, 산문집 『들키고 싶은 비밀』,
시론집 『사람이 꽃보다 아름다운 이유』 등이 있다.
현재 한신대 문창과 교수로 재직 중이다.

매장시편

1판 1쇄 펴냄 1987년 11월 30일
1판 3쇄 펴냄 1992년 10월 30일
개정판 1쇄 찍음 2007년 4월 16일
개정판 1쇄 펴냄 2007년 4월 20일

지은이 임동화
편집인 장은수
발행인 박근섭
펴낸곳 (주) 민음사

출판 등록 · 1966. 5. 19. 제16-490호
서울시 강남구 신사동 506번지 강남출판문화센터 5층 (우)135-887
대표전화 515-2000 / 팩시밀리 515-2007
www.minumsa.com

값 7,000원